体育祭に出よう♪
ばれー。
陽信がんばってー！」

応援といえばチアガール♪
本気の応援には準備が必要！

チア衣装に着替えた
美少女たちが
エールをお届け

修学旅行はハワイへGO♪
HAWAII
「いよいよ修学旅行だねぇ……
そわそわしてなんか身体全体が
くすぐったい感じがする！」
必要なものも買った、修学旅行の班も決まった、
後はもう修学旅行に出発するだけ。
だけど準備っていうのはしてもしてもし足りない。

陰キャの僕に罰ゲームで告白してきたはずのギャルが、どう見ても僕にベタ惚れです 9

結石

HJ文庫
1175

口絵・本文イラスト　かがちさく

Contents

プロローグ　それぞれの後悔

後悔《こうかい》先に立たずという慣用句は、誰《だれ》しも一度は聞いたことのある言葉だと思う。じゃあ、その成り立ちを知っている人はどれくらいいるんだろうか？

僕《ぼく》も今までに何度使ったか分からないこの言葉だけど……正直、成り立ちは知らなかったりする。そういうのはままあることだ。

ただ一つ、僕はこの言葉の意味を少し誤解していたようだ。

これはしてしまったことはいくら悔《く》やんでも取り返しがつかない、何かを成してしまった後に使う言葉だと思っていた。

この言葉、実際には「そうならないように事前に熟考する」大切さを説いた教訓なんだとか。普段《ふだん》使ってる意味合いとは真逆な気がする。

過去を悔やむための言葉かと思ったら、未来へ対する言葉でもあるってのは……正直、もうちょっと早く知りたかったなぁ。

なぜなら……。

「あ、舞台《ぶたい》上でキスした簾舞先輩《みすまいせんぱい》だ」

「何それ?」

「カップルコンテストで、彼女《かのじょ》とチューってやって優勝したんだってさぁ」

「マジ? 大人しそうな顔して大胆《だいたん》……」

違《ちが》うんだ。いや、違わないけど……それでも違うと口に出てしまうのは何故《なぜ》なのか。

こんな感じで、アレを見ていた後輩《こうはい》と思われる女子に声をかけられたり、遠巻きに僕についての話してる声が聞こえてきたりするようになった。

アレ……今も聞こえてきた、カップルコンテストの件だ。

僕と七海《ななみ》は、感極《かんきわ》まって舞台上でキスしてしまった。

あれは七海から来たからとか、まるで彼女のせいのような物言いはしない。なぜなら、僕は七海がキスしてくるのを……きっと止めようと思えば止められたから。

今にして思えばって部分もあるけど、僕は七海の動きをハッキリととらえることができていた。だからきっと、直前で七海を止められたと思う。

両手で止めるなり、ちょっと避《よ》けるなり、キスをしたふりをするなり……やりようはいくらでもあった。でも、しなかった。七海のキスを避けるってのはありえないか。

僕は、彼女のその行動を受け入れたんだ。

だからあれは僕と七海、二人の責任においての出来事ということになる。

それにしても、一つの噂《うわさ》が終わったかと思えば新たな噂が……。いやまぁ、今回のこれは噂っていうか真実だけどさ。

仕方ないじゃない、気持ちが盛り上がっちゃったんだから。

学校祭というのはそういうものだろう……とか思ってたら、担任の先生からは軽くお説教されたけど。学校祭の出来事は不問なんじゃなかったのか、くそう。

お説教？　注意？　なんだろうか。ほどほどにねと、呼び出されて言われてしまったのだ。あと、ほんとにキスしたのはお前らが初じゃないかな。とか言われた。

マジかよ。てっきりみんなやってる……は言い過ぎにしろ、何年かに一回かはそういう生徒が出てると思ってたよ。無礼講とか言ってたし。

図《はか》らずも、学校初の栄誉《えいよ》を授《さず》かったわけだ。

そんなことを考えて歩いてたら、教室に到着《とうちゃく》した。教室内には……うん、七海はいないや。まだ戻《もど》ってないみたいだ。

七海は音更《おとふけ》さん達《たち》と……ではなく、僕とは別で先生に呼び出されている。お相手は……なんとあの、保健室の先生だ。

僕にあの……こう……例のアレを渡《わた》してきた先生だと言えば分かりやすいか。

まさかの呼び出しに僕としても面食《めんく》らったけど、七海もたぶん僕以上に面食らっていただろうなとは思う。

流石《さすが》に今回はいくら成績の良い七海といえど……完全におとがめなしとはいかなかったってことなんだろう。

戻ってきてないってことは、たぶんまだお話をしている真っ最中なのかな。僕が七海を教室で待つって、ちょっと新鮮《しんせん》かもね。

自席に座《すわ》って、スマホを適当にいじる。バロンさん達は……あぁ、チャットにいるね。

舞台上でキスしたことを話してみようか……いや、それはやめておくか。

教室でこうやって一人ゲームをしている時間ってのは、かなり久しぶりだ。

昔はこんな感じで時間潰《つぶ》しをしていたわけだけど、今同じことをやってもなんだか物足りなく感じる。

ゲームやる時も七海が横からのぞき込《こ》んだりしてきて、一緒《いっしょ》にはしゃいだりしていたからかもなぁ。

七海はどれくらいで戻ってくるかなぁ？

『私とチューしたの……後悔してる？』

ふと、僕の頭の中の七海が不安げにそんなことを呟《つぶや》いた。いや、これだと言い方危ないか。これはさっき、呼び出しの時に七海から言われたことなんだけどさ。

後悔するわけがない。

キスしたこと自体に、後悔はない。後悔があるとしたら……もうちょっと場所を考えればよかったかなぁって点くらいか。

噂が払拭《ふっしょく》できたという意味では、大正解だったしね。

「あー……しまったぁ、やっちまったぁ……」

不意に声が聞こえて顔を上げると剣淵《けんぶち》くん……もとい、仁志《ひとし》が僕の前の席に座っていた。

彼《かれ》は僕の方に身体を向けているけど、顔は下を向いてうなだれている。

僕の方を見ない彼は、何かをしきりに呟いていた。

「あー……まいったなぁ……やっときゃよかったぁ……」

なんか、あからさまに気にしてほしそうなこと言ってないかな？　……声かければいいのかな？　でもなんか声かけたら面倒《めんどう》くさそうというか……。

僕が躊躇《ためら》っていると、仁志はぶつぶつと呟いているだけだ。こちらをチラッとも見ないので、わざとやってるのかどうかはいまいち判別できなかった。

高校入って初めてできた友達だし……これを放置するのもなんだか不義理と言うか、悪いような気がしてしまう。

ちょっと失礼な考え方かもしれないけど、人間関係のリハビリと思って声をかけてみようか。反応なかったら怖《こわ》いけど。たぶん泣きそうになる気がする。

「……どうし」

「聞いてくれるかッ⁈」

すっごい食い気味で来られた。

反応が無かったらどうしようかとおっかなびっくり声をかけたけど、どうやら声のかけられ待ちだったようだ。うん、ビックリした。

仁志は僕が目を見開いて驚《おどろ》いていると、何かを期待するかのようなキラキラした目で見てきている。

これは……話を聞かないとは言えない。もともと、そういうことは言いにくい質《たち》だけど。

「……一応聞くよ」

「サンキュ。いやなぁ、学校祭でちょっと失敗したなぁって思ってよ」

「学校祭で？」

失敗って……僕も詳《くわ》しいわけじゃないけど、失敗か成功かで言ったら大成功の部類じゃないだろうか？　お客さんも入ったし、楽しかったし。

男子が女装したという意味では……失敗だったかもしれないけど。それでもかなり盛り上がった学校祭だったと思う。

「別に失敗したことなんてなくない？」

「違うんだよぉ〜……学校祭そのものじゃなくて……準備でクラスTシャツとか作ればよかったって」

「クラスTシャツ……って……何それ？」

聞きなれない単語に僕が首を傾《かし》げると、今度は仁志が目を見開いて驚く番だった。そんなに重要な物なんだろうかと、僕はますます頭の中の疑問符《ぎもんふ》の数を増やす。

「ほら、クラスの団結を示すためにお揃《そろ》いのTシャツ作って着るやつ。聞いたことない？それやりたかったのに、忘れてたんだよ〜……」

そんなものがあったのか。僕が読んでる漫画《まんが》とかではあんまり出てこない単語だから、全然認識《にんしき》が無かったなぁ。

悲しみを全身で表現するためなのか、仁志は机に突《つ》っ伏《ぷ》して唸《うな》り声をあげていた。

こういう時、友人としてなんて声をかければいいのだろうか……？　そっとしておいた方がいいのかな。

僕としては学校祭は大成功に終わっている認識だ。だけど……色々とやりたかった人にしてみれば悔いが残っているのかもしれない。

それが、彼の後悔ってところか。僕には無かった考え方だなぁ。もしかしたら、学校祭で少し悔いを残している人って他にもいるのかな？

もしかしたら七海も……？　そう考えていたら、ふと違う影《かげ》が現れる。七海かと思ってそっちの方へ視線を送ったら……違った。

「あれ？　後静《しりしず》さん？」

「あ、簾舞くん……剣淵くんも……珍《めずら》しいね二人一緒って……」

それはこちらのセリフだよと言いたくなるくらい、後静さんはぐったりしている。

あからさまに疲《つか》れた様子の後静さんは、僕等の近くの席に座って机に突っ伏した。奇《く》しくも体勢は仁志と似たような感じだ。

目の前で同じような体勢の二人。これは……後静さんにも声をかけた方が良いんだろうか？　それとも放っておいた方が？

どうすればいいのか、少しだけ考《かんが》え込んだ僕は……。

「何かあったの？」

結局、声をかける選択《せんたく》をした。

さっき仁志に声をかけて、後静さんに声をかけないってのもなんだか不自然な気がしたからだ。あくまで、僕の中ではって話だけど。

仁志とは違って食い気味には来ない。もぞもぞと、まるで芋虫《いもむし》のようにうねっていた後静さんは……やがて顔だけを僕等の方に向けて口を開く。

「先生からガッツリ怒《おこ》られた」

「……あぁ、なるほど」

端的《たんてき》に口にした言葉で、全てを理解した。僕と七海が舞台上でキスをしたように、後静さんもとあることをしていたからね。

幼馴染《おさななじみ》へのビンタである。

あれは凄《すご》かった。でも確かに、大勢の前であれやったらさすがに怒られるよね。というかまぁ、怒られるで終わってよかったというべきか。

流石に後静さんも、だいぶ落ち込んでいるようで……。

「あと……」

え？　ほかに何かあるの？　ビンタ以外に何か……って思《おも》い浮《う》かばないけど。

次の句がなかなか出てこない後静さんを、気づけば僕も仁志も見守るように凝視《ぎょうし》していた。彼女はほんの少しだけ頬《ほお》を染めて、僕等から視線だけを逸《そ》らす。

「……下級生とか、不良っぽい子から、姐御《あねご》って呼ばれるようになった」

これにはさすがに、言葉に詰《つ》まってしまった。

今の後静さんはギャルっぽい制服の着こなしをしてるけど、あの時は完全にヤンキーみたいな格好してたもんね……それで幼馴染の不良男子をビンタすればそうなるか。

少しだけ、ほんの少しだけ納得《なっとく》してしまった。それを口にはしないけど。

「……姐御──」

「やめて」

突っ伏したまま、顔だけを仁志に向けて、後静さんはいつもの半眼で睨《にら》むように視線を送り唸り声をあげた。お互《たが》いに突っ伏したままで動くつもりはないようだ。

後静さんはその姿勢のままで「なんであそこでビンタしちゃったかなぁ……」とかぶつぶつと言っている。これが後静さんの後悔しているところか……。

「まぁ、仕方ないよ。後悔は絶対するものらしいからさ」

「なんだそれ、後悔しない方が絶対にいいじゃん」

「それは理想かも知れないけど、現実的に後悔しない人生なんてないみたいだよ」

僕も高校生までの十数年の人生しか生きていない身だけど、どうやら後悔というものは人生で絶対に発生するもののようだ。

よく漫画とかでも、後悔のない選択をという単語が出てくるけど選択系のは特に後から後悔が生じやすくて、絶対に逆を選んでいたらどうなっていたのかを考える。

だから別に、後悔するのは悪いことじゃない。

そんなことを僕は……少し前に父さんと話した。あれは罰《ばつ》ゲーム期間が終わって、これでよかったのかなってちょっと考えてる時だったかな。

『後悔してもいいさ。後悔も大事な心の機微《きび》だから、後悔を無駄《むだ》とかは言わないよ。大事なのは後悔しすぎないことと、それでも今の選択に全力を出すことだ』

父さんとそんな話をしたのは初めてだったので、よく覚えてるし……気持ちがなんだか軽くなったのを覚えている。

そういえば父さんはそんな考えに至った出来事とかあるんだろうか？　詳しくは聞かなかったから、今度聞いてみても良いかもしれない。

「なるほど、面白《おもしろ》い考え方ね」

「父さんからの受け売りだけどね」

「俺《おれ》、親父《おやじ》とそんな話したことねーなー……。最後に喋《しゃべ》ったのいつだっけ？」

少しでも二人の気持ちが軽くなればいいなと思って言ってみたけど、どうやらちょっとは効果があったみたいだ。

僕がこうやって誰かと……友達とかと教室で話すようになるとはなぁ。想像もしていなかったけど、悪くない……というか、ちょっと楽しいかもしれない。

そのタイミングで、教室のドアが開く音が聞こえてきたのでそちらに視線を向けると、七海が少しだけ……少しだけ眉《まゆ》を寄せて教室に入ってきた。

これは七海もお説教されたんだろうか？

「おかえり、七海」

「陽信《ようしん》ただいま〜……ぁぅぅ……」

フラフラと、ヨロヨロと、力なく歩みを進める七海は何故か席には座らずに僕の身体に正面からかぶさるように寄りかかってきた。

椅子《いす》の上で、まるで僕等は抱《だ》き合うような体勢となる。

まさか教室でそんなことをされるとは思ってなかったので、僕は身体に力を入れて彼女を受け止める。ちょっと身体が震《ふる》えそうだ。

「……なんで座んないの？」

「二人が同じ姿勢だから、私は変化をつけたくて〜……」

どうやら仁志と後静さんに対抗《たいこう》してのようである。いや、そんなところで対抗しなくても……と思ったら七海はそのまま器用に身体を回転させ、僕に後ろから抱き着いた。

バックハグみたいな状態で、僕に体重を預けてくる。

「そんなに怒られたの？」

「んー……いや、そこまでは怒られてないかにゃあ～……」

けっこう消耗《しょうもう》しているからガッツリと怒られたのかと思ったら、そうでもないみたい。

七海は僕を抱《かか》えるように抱いて、左右にゆらゆらと揺《ゆ》れる。

その揺れに合わせて、僕も身体を自然と揺らしていた。

「仲いーなー……うらやましー……」

「学校祭からさらに遠慮《えんりょ》なくなってきてるよね」

ちょっと呆《あき》れたように言われてしまったけど、さすがにみんながいる教室ではここまではできない。これは放課後だからできていることだ。できていること……だよね？

七海がちょっとだけ得意気に鼻から息を吐《は》きだしている。顔見えないから分かんないけど、たぶんドヤ顔を二人に向けていることだろう。

「じゃあ七海、なんであんなに難しい顔してたの？」

「んー……えっとねぇ……」

七海はちょっとだけ躊躇うように、僕を抱きかかえる手に力を込めた。それから彼女は選ぶように、一言、また一言と言葉を発していく。

「キスしたことをちょっと注意された後に……」

「うん」

「なんで……その……」

「うん」

「舌を入れなかったのって聞かれた」

「うん？」

　教室内の時が止まった気がした。待って、呼び出されたのって保健室の先生だったよね？　なんでそんな話になってるの？　あの人何を聞いてるの？

　あー、ほら……二人とも固まってる。後静さんは真っ赤になってるし。仁志は目を点にして舌……舌？　とか頭バグったように呟いてるし。

「な……七海ちゃん……そんなの誰に言われたの？」

「保健室の先生」

　その一言を受けて、二人とも納得したかのようにあー……っと呟いた。表情は引きつってるけど、あの人なら聞きかねないと言わんばかりの表情だ。

　やっぱり保健室の先生に対しては、みんなそういう認識なんだね。

「私も言われて、なんでしなかったんだろって……ちょっと後悔したかも」

「待って、落ち着いて」

　後悔の形は人それぞれとは言うけど、これは予想外の後悔だ。

まさかキスの先にそういう方向があるとは思ってなかった僕は、僕に抱き着く七海がここでそれを実行しないか……一人ヒヤヒヤしていた。

第一章　耳への刺激、未知の刺激

学生の本分は勉強であるって言葉をよく聞くけど、その割には学校って勉強以外の行事が多いよなぁって思っていた。

とは言っても、僕は割と不真面目な学生だったので勉強も学校行事も積極的に参加はしていなかったんだけどね。

思っていた、だった等……全部過去形で表現している。今も真面目な学生とは言い難《がた》いかもしれないけど、それでも過去とは大きく違っている点は多いはず。

一年前と比べて成績もだいぶ良くなってきたし、学校行事にもきちんと参加している。

本来であれば一年生の時に体験するような学校行事に対する新鮮な気持ちを、一年というブランクを経て体験している気分だ。

一年越《ご》しの青春……とでも言うんだろうか？

それを謳歌《おうか》できているのも、七海《ななみ》のおかげだ。彼女と付き合うことによって僕の世界は広がりを見せた。

これからもきっと、今までの自分では体験しなかったようなことを体験していくんだろう。本当に七海には感謝してもしきれない。

……しきれないんだけどさ。

「でも、この行事だけは参加したくない……絶対に参加したくない……」

「えぇー……？　そんなやなの？」

七海の問いかけに、僕は無言で何度も頷《うなず》いた。

本当に、本当にこれだけは嫌《いや》なんだ。嫌《きら》いなんだ……。絶対に、参加したくないと強く思える行事なんだ。

考えただけで震えが出てしまう。ガタガタと、幽霊《ゆうれい》におびえる子供のように震えが止まらない。我ながら子供じみている話だけど。

そんな子供のようなわがままを口にする僕に、七海は意外なものを見るような視線を送ってきている。

その視線を受けても、僕は参加したくないという意思を示すように顔を伏《ふ》せていた。

「そんなにやなの、体育祭が？」

口に出すのも嫌な行事を示す単語が、七海の可愛《かわい》らしく、綺麗《きれい》な声に乗って僕の耳に届いてしまう。ダメだよ七海、そんな言葉を発したら。

僕にとってはどんな言葉よりも放送禁止用語である。可能であれば今の言葉にピー音を入れたいくらいだ。過剰反応《かじょう》だけど。

そう、僕がここまで嫌がっている行事……それは七海が口にした体育祭である。

体育祭は読んで字のごとく、体育……つまりスポーツのお祭りだ。学校祭のスポーツ版とでも思ってもらえれば分かりやすいだろう。

うちの学校では学校祭の次に来る行事となっていて、もう少しで開催《かいさい》となる。僕はそれが……たまらなく嫌だったりする。

「陽信《ようしん》って筋トレが趣味《しゅみ》なのに、体育祭は嫌なんだ」

「筋トレは一人でできるからいいんだけど、みんなでやる運動ってどうにも嫌で」

痒《かゆ》くもないのに、まるで嫌な記憶《きおく》を指先でいじるかのように頭をぽりぽりとかく。こればっかりは、本当に嫌なんだよね。

理由は……たぶん幼少期の体験とかそういうのだろう。ろくに覚えてないから思い出せないけど、体育祭に対する不快感だけが心にベッタリと張り付いている。

陸上競技、個人競技……なんだったら体育の授業すら僕は毎回嫌だったりする。自分だけでやる運動は平気だから、学校行事の運動が嫌なのかな。

我ながらわけが分からないけど……。

「ちなみに、一年の時はどうしてたの？」

「確か……適当な個人競技で負けたら、あとは適当な場所でサボってた覚えがある」

「うわぁ、下手な不良より不良っぽいことしてる」

「そんなことないって、一応、ほら、合法？」

「絶対に何かしらの校則違反《いはん》はしてそうだよ……メッ！」

僕の額に七海の拳《こぶし》が軽く当たる。こつんという音が出そうだけど、痛くはない。まるで子供にするような、可愛い叱《しか》り方だ。

前もちょっと思ったけど、七海に叱られるってやっぱりなんかいいなって思ってしまう。やりすぎると怒らせちゃうだろうけど。

こう……なんていうんだろうか、うまく表現できないんだけど、可愛く叱られるっていうのが僕のことを考えてくれてるのが分かるというか。

これが行き過ぎると「好きな子に意地悪する」って行動に繋《つな》がるんだろうか。誰か専門家に研究してもらいたい。

ニヤニヤしそうな表情を必死に抑《おさ》えるように、僕は両頬を押《お》さえる。

「ちなみにサボりって、どんなことするの？」

「んー……たしかあの時は、誰もいない体育倉庫みたいなところにマットがあったから、寝転《ねころ》がってゲームしてたかなぁ」

必死に記憶を呼び起こす。保健室でサボりとかする度胸は無かったから、本当に人気《ひとけ》がないところを探してウロウロしてたんだよね。

そしたらちょうどよく、サボるための環境《かんきょう》が整ってたからここでいいかって。これ幸いとそこにずっといたはず。

同じようにサボっている人が何人かいた気もするけど、相互《そうご》不干渉というか……別に友達とかでもなかったから覚えてないや。

もしかしたらあの場所は、共通のサボり場だったのかもしれない。

「もー、ダメだよ？　体育祭もちゃんとした勉強の一環《いっかん》なんだからね」

「なるほど、そういう意見もあるのか」

「珍しく頑《かたく》なだね……。本当に嫌いなんだね、体育祭……」

僕は静かに頷いたけど、七海はしょうがないなぁというように笑っていた。いやでも、本当になんでこんなに嫌なのかは自分でも不思議だ。

とりあえず、幼少期のトラウマってことで。

「あれ、でもさ……」

そこで七海が何かに気付いたように口元に人差し指を持ってくる。そのまま唇《くちびる》を指でなぞるのかなと思って、僕の視線は七海の口元に注がれた。

こうして口元を見ていると、この前の七海の発言を思い出してしまう。

教室で僕、七海、仁志《ひとし》、後静《しりしず》さんで話をした時のことだ。それぞれが学校祭での後悔を口にしたあの日、七海はとんでもないことを言い出した……。

いや、言われていたが正しいか。

『なんでキスの時に舌を入れなかったの？』

これが説教する時の話に出るって、そんなことあるのか？　と思ってたんだけど……保健室のあの先生なら言いかねないと僕も思う。

生徒の恋愛《れんあい》相談とかも乗ってるみたいだし、高校生への適切な性教育みたいなのを個人的にもやっているという話だし。

……いや、それで舌がどうのこうのってちょっとおかしいか？

僕の頭の中に、あの先生のどこか悪戯《いたずら》する時の子供みたいな悪い笑顔《えがお》が思い浮かんでしまった。いやー、確かにあの人なら言うかぁ。

もらったその……アレもいまだに財布《さいふ》の中に入ってるし。

使う機会はないけど、捨てるにも捨てられない。だからずっと財布の中に入っている。

なんかいざ使う時には、先生を思い出して使いにくそうだけど。

ともあれ、そんなことを言われた七海は舌をどうしようか考えることにしたらしい。わざわざ僕にそんな宣言をしてきた。

宣言をされた僕としては何をすればいいのか分からないけど、少なくとも思ったことがある。

同じキスなのに、なんで要素が一つ加わるだけでこんなにも……性的になるんだろうか。

そんなの真面目に考えてる高校生は僕くらいだろう。

七海の口元を見て……そんなことを思い出してしまう。

……舌の練習とかあるのかな？

「ねぇ、陽信？　聞いてる？」

「ふぇっ⁈　あ、ごめん、聞いてなかった……」

気づけば七海は僕の目を覗《のぞ》き込むようにしており、唐突《とうとつ》に視線が合った僕は身体を震わせてしまう。

さっきまで口元を見ていた気がしたのに、いつの間にか七海の瞳《ひとみ》が僕の目を覗き込んでいたんだから驚くのもやむなしだろう。

「……何考えてたの？」

「へっ？」

「陽信がボーっとして私の話聞いてないって、珍しいからさぁ」

「あー、いやその……なんといいますか……」

「えっちなこと考えてたんでしょー？」

またまた僕は身体をビクリと震わせる。いや、エッチなことではないはずです。キスのことですから、そこまでじゃあ……。

まるで後静さんみたいな半眼で、七海は僕をジーッと覗き込んできた。その刺《さ》さるような視線を受けた僕は、精神的な緊張《きんちょう》からか汗《あせ》をかいてしまう。

ちょっとだけ背中が冷たくなって、目が泳ぐ。七海はその半眼のままで僕の耳元に自身の唇を近づけてきて……。

「今度、部屋で二人っきりの時に教えてね？」

そしてパッと僕から離《はな》れると、半眼をやめていつもの調子に戻っていた。あまりにも一《いっ》瞬《しゅん》で変化したその表情に、僕はさっきとは別な意味で背筋が冷たくなる。

これは……今後は勝てる気がしないなぁ。歯を見せて笑う彼女にそんな感想を抱いてしまった。勝ち負けじゃないけどさ。

「それで話を戻すんだけどさ、陽信って……翔一先輩《しょういちせんぱい》とバスケ勝負した時は大丈夫《だいじょうぶ》だったの？」

「あっ……確かに、あの時は大丈夫だったかも？」

七海の目の前でスポーツをしたのって、あの時だけかな。確かに、あの時は学校でかなりの人に注目されていたけど平気だったな。

学校で運動するのが死ぬほど嫌なはずなのに、なんであの時だけ大丈夫だったんだろうか……？

色々と思い返して、僕は七海をチラリと見る。あの時と普段の違いって……。

「あの時は、七海のためもあったからなのかな？」

自然とそんな言葉が口から出る。

そうなんだよね、あの時って七海を賭《か》けてとかの話になってたし、気持ち的には怒《いか》りの感情が強かったように思う。今にして思えばだけど。

僕の忌避《きひ》感とか嫌悪《けんお》感を、怒りとかそういう感情が上回っていたんだろうか。

そうなると七海のためって言うと聞こえはいいけど、ともすれば七海のせいとも取れる言葉になってしまったかもしれない。

「ごめん、七海を引き合いに出しちゃったね」

「いやいや、なんで謝《あやま》るのさ。私のために頑張《がんば》ってくれてたとか、凄い嬉《うれ》しいから」

それならよかった。うん、ちょっと安心したよ。

「だけど、陽信が体育祭を嫌がるのって気持ち的な問題なんだね。なにかこう……勉強の時みたいにご褒美《ほうび》あれば頑張れるかな？」

「あー、そうなるのかな。でもご褒美って……あんまりよくないって言ってなかった？」

「今回だけ、今回だけね。体育祭頑張ったら七海さんが陽信にご褒美をあげましょう」

ご褒美、という単語に少し反応を示すと、七海は何がいいと言わんばかりに首を傾げてくる。ご褒美かぁ……ご褒美。

また口元を見て……僕は首を左右に振《ふ》った。ダメだダメだ。それはダメだ。

「……考えておくよ」

「むー、なんでもいいのに」

「なんでもいいとか言っちゃダメだよ。本当に僕が無茶苦茶《むちゃくちゃ》な要求したらどうするつもりなのさ」

「え？　ほんとになんでもしてあげるよ……？」

思わずほんとに？　と聞き返しそうになるのを堪《こら》えた。今の七海は本当に、本当になんでも受けてくれそうだからこその怖さがある。

いやでも、なんでもって言ってるんだから本当になんでもいいんじゃないか。

僕の中で葛藤《かっとう》が生まれる。ぐるぐると頭の中でご褒美という単語と後悔の話、七海の口元などの単語だけが回る。

単語の羅列《られつ》だけで、意味を成す言葉にならない。

僕《ぼく》は何も言えずに、一見すると二人で見つめ合っているような状態になる。これはなんていえば……。

「……お前ら、ここ教室」

僕等を我に返したのはそんな一言だ。

横を見ると……仁志を筆頭に何人かの生徒が僕等を見ていた。

……そういえば、今って休み時間だったよね。

「ほら、休み時間だし……」

「お前らの会話気になりすぎるんだよ。頼《たの》むから、ちょっとでもいいから自重してくれ」

「本音は？」

「彼女無しにお前らの会話は耳に毒なんだよ！　羨《うらや》ましすぎるから勘弁《かんべん》してくれ!!」

耳に毒って初めて聞く表現だ。今までこういうことは言われてこなかったからあんまり気にしてなかったんだけど……。

「もしかして、今までもずっとそう思ってたりした？」

仁志は何度も力強く頷く。他の男子や女子達はどこかバツが悪そうにしている。中には苦笑《くしょう》を浮かべている人達もいた。

「私は仲良いカップルの会話を聞くの好きだから気にしてないかなぁ」

「羨ましいなー……と思いつつ、簾舞《みすまい》の答え参考にしてたりする」

「彼女《かのじょ》と喧嘩《けんか》してる時にお前らの話聞くと素直《すなお》に謝れる」

「えっちなのはちょっと抑えてほしいかも……」

「まぁ、うちのクラスの名物だよね」

みんながそれぞれ感じている、僕等の会話に対する感想を口にしてくる。そんな風に思われていたのか……と、ちょっとだけ恥《は》ずかしくなってきた。

というか名物って何。僕と七海の会話がなんか観光名所みたくなってるんだけど。

今まで聞かされていなかった僕等の評価だけど、こうして聞くと……ちょっと照れくさいなぁ。

「んじゃまぁ……抑えられるように善処しますか」

「え、抑えちゃうの？」

「へっ？」

「あっ……」

思いもよらないところから抗議《こうぎ》の声が上がった。もちろん、七海だ。僕がそれに反応したら、七海は思わず言ってしまったのか口元を押さえていた。

なんて言っていいか分からずに黙《だま》っていると、七海は押さえていた口元から手を外して僕の服の裾《すそ》をほんの少しだけ摘《つ》まんだ。

その行動を見て……僕は決心する。

「とりあえず、抑えるのは無しの方向で」

「うん、だと思った……」

呆れられてしまったけどこればっかりは仕方ない。

とは言ったものの苦情が来るような話は……二人っきりの時にした方がよさそうだなとかぼんやりとは考えていた。

◇◇◇◇◇◇◇◇◇◇

僕が持つ体育祭への忌避感の原因は分からないけど、現金なもので七海からのご褒美という提案により少しはやる気が出てきていたりはする。

問題はどの競技に出るのか……という点だ。そもそも体育祭の競技って何があるんだろうか？　マラソンとか……？　うわ、嫌だなぁ……。

「そういえば七海は去年、何に出たの？」

「私？　私は確かバスケと騎馬戦《きばせん》と……あとは応援《おうえん》合戦にも出たかな？」

「そんなに出たんだ。すごいなぁ、えらいなぁ」

「ふふーん、じゃあ褒《ほ》めれー。頭を撫《な》でれー」

七海の部屋で二人っきりだからか、彼女は僕にピッタリとくっついてスキンシップを求めてくる。頭をぐりぐりと、まるでマーキングするように僕の身体にこすりつける。

とりあえずゆっくりと、優《やさ》しく七海の頭を撫でてみた。

七海の髪《かみ》に触《ふ》れるのはいつでもドキドキするな。七海も気持ちよさそうに目を細めるんだけど、撫でている僕も気持ちが良かったりする。

しばらく七海を撫でていたら、七海は何かを思い出したかのようにスマホを僕に向けて振ってくる。

「去年の体育祭の動画、見てみる？」

「え？　あるの？」

「うん。初美《はつみ》達《たち》が撮《と》ったの送ってくれたから……あ、撫でるのはまだ続けてー」

動画を見せてくれるのだから撫でるのは終了《しゅうりょう》なのかなとか思ってたら、そうじゃなかったようだ。七海は僕に撫でられながらスマホの操作を始める。

これずっと撫でながら見るんだろうか……と思ってたんだけど、七海はスマホの操作をひとしきり終えると僕の手から離れて隣《となり》に座《すわ》ってくる。

ピッタリと肩《かた》を寄せて、七海はスマホの画面を横倒《よこだお》しにする。

「ほら、これが去年のー」

「へぇ……ちょっと七海の雰囲気《ふんいき》が違《ちが》うね」

そこに写っていたのは、去年の……一年生の時の七海の動画だ。ちょうどバスケの試合中なのか、ドリブルしている七海の姿が写っていた。

おぉ、これはけっこう上手《うま》いんじゃないだろうか？　ドリブルしてシュートして……普《ふ》通《つう》に入っている。七海、スポーツもできるんだ。

髪を一つ縛《しば》りにしていて、体操着の上からゼッケンを付けている。七海の胸部はかなり突出《とっしゅつ》しているからゼッケンが歪《ゆが》んでいて数字はなかなか見えないけど。

「バスケはすぐに負けちゃったけどねぇ。これ以外にもいくつか出たよー」

七海はそのまま動画をスライドさせて、次々に出場した競技をスマホに表示していく。

さっき言っていた競技だけじゃなくて、他にも色々な競技に出たみたいだ。

玉入れとかにも参加していて、地面に落ちた玉を拾ってぴょんぴょんと跳びながらかごに入れている。こんな競技あったのか……。

「七海、楽しそうだねぇ。ぴょんぴょんしてて可愛い」

「えへへ……でも玉入れは陽信も参加してるんじゃない？　確か全員参加競技だし」

「え？　全員参加とかそんなのあったっけ……？」

全然覚えてないことを七海に驚《おどろ》かれた。僕は逆にこうして記録に残して覚えている七海にビックリしているんだけど……。

全員参加競技……そんなのあったっけ？　いや、あったのか……？

やる気も何もなかったから覚えてないだけなのか、クラス自体にやる気がなかったのか……仁志に聞いたら分かるかな？

七海は懐《なつ》かしそうに当時の映像を見て微笑《ほほえ》んでいる。こういう表情を見られたのなら、こうして過去の思い出を見返すのも悪くないかもね。

僕の中にそんな思いが浮かんだ瞬間《しゅんかん》……七海が急にその目を鋭《するど》くする。

唐突な表情の変化に、僕はスマホの画面と七海の顔に視線を行ったり来たりさせていた。どうしたんだろうか……。

七海は僕の困惑《こんわく》を知ってか知らずか、その指先でスマホの操作をし始める。再生していた動画を一時停止し、戻《もど》し、また再生して停止する。

どうしたんだろうか……？　まさか映像に何か不審《ふしん》な点でもあったのかな。

「これ……」

七海はある場面で動画をストップさせると、スマホの画面を指さした。その場面は七海が少し外れて写っていて周囲の人もいる特に変哲《へんてつ》のない場面だ。

特に七海が気にかけるようなものは何もなさそうだけど……。だけど、次の言葉は僕の予想してない言葉だった。

「これ、陽信じゃない？」

「え？」

七海が指した先には一人の男子生徒が写っていた。

やる気がなさそうな立ち方、ぼんやりと眠《ねむ》そうな目元、覇気《はき》の感じられないボーっとした態度……。不真面目代表と言われても納得してしまいそうな生徒だ。

うん、確かに僕だこれ。

ってことは、僕も玉入れは出ていたのか。全然覚えてないんだけどこれってそういうことだよね。

動画の続きを再生すると、僕と思《おぼ》しき男子生徒は玉入れの玉を手に取って……適当に投げている。一人で。ポツンと。

表情からは何を考えているのか窺《うかが》い知ることはできないけど、たぶん早く終わんないかなとかそんなことを考えているだろうな。

我ながら……。

「もっとやる気出せよ……」

思わず口をついて出た言葉に、七海が吹《ふ》き出してしまった。

ちなみに映像はそこまでで僕を捉《とら》えるのをやめており、どこに僕がいるのかはもう分からない。短い時間だってのに、やる気のなさは伝わったけど。

は……恥ずかしい。今更《いまさら》、過去の映像が発掘《はっくつ》されるのがこんなに恥ずかしいなんて。

「って、七海……なんで笑ってるの」

気が付いたら七海がお腹《なか》を抱えて笑いを堪えていた。いや、堪えきれてないけど少なくとも声を上げて笑うことはしていない。

ヒィヒィと苦しそうに、だけどどこか楽しそうに、七海は僕の胸に手を置いた。

「だ、だって……過去の自分にやる気出せよって……」

何かが七海のツボに入ってしまったようで、彼女は僕に体重を預けて笑ってしまっていた。確かに言われるとちょっと恥ずかしくて頬が熱くなる。

いやぁ……でも、客観的に見て昔の僕ってこんなにビックリするほどやる気が無かったんだね。本当にビックリしたよ。

これも一種の後悔《こうかい》というか……。いやでも、この時は分かってなかったからどうしようもないよね。

七海と付き合って、この映像を後から見るようになるなんて誰《だれ》が想像できる？

それを見越《みこ》してやる気を出すとか、絶対に無理だろう。だからまぁ、今更頑張《いまさらがんば》っておけばよかったとか思うのも時間の無駄だ。

だからこれについては、後悔しても……するだけあまり意味のない後悔なんだろう。それでも、後悔のない人生なんてやはり僕には無理だったようだ。

しかし、まさか七海のスマホに僕の映像が保存されているとは予想外だったなぁ。この時、クラス近かったのかな？

七海は昔の僕の映像を確認《かくにん》するように、また映像を戻していた。そう何度も見られるとちょっと照れくさいけど仕方ない。

こればっかりは観念するしかない。どうせここで止めても、後から七海はきっと見るだろうし。

「……一年の時の陽信も、雰囲気違《ふんいきちが》うね」

「そうかな？　あんまり変わんないような」

「んーん、一年の頃《ころ》だからかな、ちょっと雰囲気が幼くて可愛いよ」

可愛いって……それって褒め言葉なんだろうか？　いやまぁ、褒めてくれているんだろうけどちょっと複雑だなぁ。

まぁ、さっきの七海も一年前だからか雰囲気が違ってて可愛かったのは確かだ。この一年で様々なことが変わったからだろうな。

男子三日会わざれば刮目《かつもく》して……とかいう言葉があるけど、きっと女子も同じなんだろう。すぐに雰囲気を変える。良い悪いは別にして。

「それにしてもさぁ、こうやって私のスマホに昔の陽信の映像があるって……」

「いやほんと、凄《すご》い偶然《ぐうぜん》だよね……」

「偶然……なのかなぁ？　これは運命とか言ってくれると嬉しいかも？」

随分《ずいぶん》とロマンチックなことを言うなぁ。運命とかそういうのを言われると……どうなんだろうか。こういうのも運命とか表現するのかな。

現実的にはただ偶然、本当に偶然に僕が写っていただけだろう。七海もそこまで本気で運命だとか言っているようには見えない。

ただこの偶然を楽しんでいる。そんな感じだ。

だけど、たとえ七海の考えがそうだとしてもここで僕がそれを指摘《してき》するのもなんだか無《ぶ》粋《すい》な気がしてしまう。

結局は事実がどうであれ、七海と僕の気持ちの問題だろうな。こういう時には楽しまなかったら損だってことなのかもしれない。

世の中否定はいくらでもできるけど、肯定《こうてい》する方が難しい場合もある。

だったらここは、七海を肯定してあげよう。その方が楽しそうだ。

「運命だったら、嬉しいよね」

僕の言葉に、七海は嬉しそうな笑《え》みを浮《う》かべてますますくっついてくる。

さっきまで七海を撫でていた影響《えいきょう》か、僕はふたたび七海を自然と撫でていた。ちょっと……だいぶ、イチャイチャしすぎかもしれないけど。

でもまぁ、止められないよね……と思いつつ、僕は七海のスマホの映像を思い返す。

やる気なさそーに体育祭に参加する自分。

客観的に見るとあんなにやる気なかったのか僕。人の振り見て我《わ》が振り直せという言葉があるけど、まさか自分の振りを見て直そうと思うとは想像もしてなかった。

過去の自分はほとんど他人みたいなものだって何かで見た言葉を考えると、人の振り見てといえるかもしれないけど……。

それでもあの映像を見てちょっとだけ、本当にちょっとだけど体育祭に対してのやる気は出てきた気がする。こんな姿を七海には晒《さら》せないって思っただけだけど。

「よし、今年はちゃんと体育祭に参加するよ」

「お、どしたの急に？　でも、やる気になって偉《えら》い偉い」

今度は僕が七海に撫でられる番になった。さっき僕は撫でるのも気持ちいいと言ったけど、こうして撫でられるのも気持ちが良いな。

七海の手の感触《かんしょく》と、優しく撫でられる安心感。それにぴったりとくっつかれているから温かさも感じられて心から幸せな気持ちが溢《あふ》れてくる。

「陽信が頑張るなら、今年も応援合戦に出ようかなぁ」

「応援合戦？」

そういえば、さっきもそんなことを言ってたっけ。僕がピンと来ないでいると、七海は僕の頭に手を載せたまま、片手で器用にスマホを操作する。

「ほら、これー」

応援合戦……と言われた動画にはチアガール姿の女子生徒達と、体操服姿の七海が両手にポンポンを持って選手を応援している姿だった。

こんなのやってたんだー……とか思ったんだけど、なんで七海は体操服？

「この時はねぇ、チアガール姿がちょっと恥ずかしいなって思って体操服で応援してたんだよねぇ。歩達《あゆみ》はチア姿だよー」

あ、ほんとだ。チアガール姿の音更《おとふけ》さんと神恵内《かもえない》さんが他の女子と一緒《いっしょ》に応援している。チア服の女子達は短いスカートで足を上げてたりして、男子を沸《わ》かせていた。

応援合戦と言うだけあって、相手のクラスも似たような姿だ。こっちは女子が学ランにサラシって姿の応援団《おうえんだん》スタイルだけど。

こんなの見た覚えは……。あー、でもなんかやってたの少し記憶にあるかも。スマホいじってたからはっきりとは覚えてないだけだきっと。

それにしても、ポンポンを持って応援する七海は可愛いな。体操服姿だけど可愛い。いや、体操服だから可愛いってことなのかな？

これで応援されるなら、確かにやる気も出るってものだ。うん、今年はやっぱり頑張ろうかな……。

「陽信が頑張るなら……今年はチアガール服で応援しよっかな？」

「……え？」

「えへへ、ちょっと恥ずかしいけど。これで応援したらやる気出るでしょ？」

七海がコレを着る……？

僕は改めて女子生徒が来ているチアガールの衣装《いしょう》に視線を落とす。

上は肩を出しているような丈《たけ》の短いシャツ、下はミニスカート……動くとヘソが出てしまっているし露出《ろしゅつ》も結構激しい……。これを七海が……。

その瞬間、僕の背中が冷たくなった。

「陽信、チア服好きなの？　そんなに見て……私以外を……」

普段《ふだん》とあまり変わらない声なのに、僕はその声を聞いて背筋を伸《の》ばす。一瞬で、七海の瞳からハイライトが消えた気がした。

澄《す》んだ青色なのに一切《いっさい》の光が無いその瞳は、なぜか吸《す》い込《こ》まれそうな魅力《みりょく》も感じられる。と言うか、実際には目の光が消えるわけじゃなくてあるにはあるんだけど……なぜか今は一切の光が無いように感じているんだよね。

それは七海が出す雰囲気だったり、口調だったり、行動だったりがそう見せているだけ……だと思いたい。

「ち……違う違う。女子を見てたんじゃなくて服を見てたの。こんな露出多いのを七海が着て人前にって……大丈夫かなって？」

「大丈夫かなって、私が？」

また一瞬で、いつもの七海の瞳に戻る。

……ちょっと怖《こわ》いけど、愛されているなぁって思うのが正しいのかもしれない。別に七海はそこまで束縛《そくばく》がきついわけじゃないしね。

それに、束縛って意味では僕の方が強いかもしれないし。

「七海もだけど、僕も。他の男子に七海が見られて大丈夫かなと……」

あんまりよろしくないけど、僕の中の独占欲《どくせんよく》が発動してしまいそうだ。この姿で七海に応援されるってのは……されたいけど。

応援されたいけど、クラス全体じゃなくて僕だけを応援してほしい。

「そんな風に考えちゃうんだよね」

「全部言っちゃうんだっ⁈」

七海はちょっとだけ照れくさそうにしながらもツッコんできた。前に無意識に口に出していたことはあったけど、今回は意識的に口に出してみた。

だってほら、こういうのも口にしないで黙っているとろくなことにならなそうだしさ。だから、今回はあえて口にしてみた。

「まぁ、これは僕のわがままだから。七海がチアガールの衣装を着たいって言うなら止められないよね」

「あー、じゃあさ」

七海はおもむろに立ち上がると、座っている僕の真正面に移動する。そして僕の両足をまたぐと……そのままストンと座る。

まるで抱《だ》っこするような体勢だけど、座っているからなんて表現すればいいのか分からない体勢だ。そのまま七海は僕に顔を近づけて……。

キスされるかと思ったら、七海は僕の耳元に唇が触れるくらいに近づいた。

「チアガール衣装で……こうやって耳元で応援する？」

ぼそりと呟《つぶや》いたその声が、僕の背筋をゾクゾクさせる。

「ほら、がんばれー。陽信がんばってー」

甘《あま》い声で、優しく七海に応援されてしまった僕は……思わず彼女の腰《こし》に手を回し、その手に軽く力を込める。

全力で抱きしめたら折れてしまいそうなほどに華奢《きやしゃ》だけど、抱きしめるとフワフワとした感触が服越《ご》しに伝わってきて、思わず力が強くなりそうになる。

それを必死にこらえていると、七海は僕の背中に手を回してお返しと言わんばかりに力を込めた。

お互《たが》いに抱きしめ合うような形だけど、彼女の唇は変わらず僕の耳元に……。

そして彼女は、更《さら》に甘い吐息《といき》交じりの言葉を囁《ささや》いていく。

発している言葉は健全だ。普通だったらただの応援で、されたら嬉しい言葉。だけどそれが耳元で囁かれるというだけで破壊力《はかいりょく》が段違《だんちが》いだった。

耳元で囁かれているだけなのに、どこか気持ちが良いというか……脳が麻痺《まひ》してしまいそうな感覚に陥《おちい》ってしまう。

実際、僕の思考は麻痺していたと思う。

色々な言葉を聞くけど、それがまるで頭に入ってこないような、逆にすべてが脳にダイレクトで染《し》みこんでいくような。矛盾《むじゅん》した考え。

しばらく七海は僕の反応を楽しみながら、色んな応援の言葉を囁く。

どこまでいっても、しているのは応援だ。やましいことなんて何もない。本当に普通で、ありふれていて、誰もが聞いたことのある言葉。

その言葉のたびに、僕の身体が反応する。

耳に吐息がかかり、少し遅《おく》れて音が……七海の言葉がやってくる。物理的にありえないと思うんだけど、そう表現するしかない。

いや、単に先に七海が僕に対して吐息を吹きかけているだけなのか。ダメだ、ボーっとしてくるし、考えがまとまらない。

七海はそれを楽しんでいるのか、それとも興奮しているのか、徐々《じょじょ》に声も熱のこもったものになっていく。

七海が興奮しているのか、僕が興奮してしまっているのか。

身体が震《ふる》えて、そして……僕は耳に小さな……とても小さな刺激《しげき》を感じた。

「ちゅっ……」

「うぃひゃうっ?!」

今まで感じたことのない感覚。耳が何か柔《やわ》らかくて濡《ぬ》れているものに触れているような刺激。未知の痛みとも、痺《しび》れとも取れるような衝撃《しょうげき》。

それが僕の耳に叩《たた》き込まれた時、思わず変な声を上げてしまい、全身から力が抜《ぬ》けてしまった。

な……七海？

僕が声を上げても、連続して刺激は襲《おそ》ってくる。そのたびに僕は変な声を出してしまう。七海はそれに気が付いていないいんだろうか？

七海からの刺激と、応援の声は交互《こうご》に聞こえてきていた。刺激を受けて、応援されて……頑張ってという言葉がとんでもない刺激の強い言葉に思えてくる。

今……僕は何をされているんだろうか？

前に耳を七海に少しだけ唇で挟《はさ》まれたけど、その時と似ているようで違う。刺激の回数が増えるたびに……身体が熱くなってくる。

荒波《あらなみ》に呑《の》まれるような感覚に必死に耐《た》えながら、僕は身体を動かして七海の背中をポンポンと叩く。それでも刺激は止まらない。

「な、七海……七海……?!」

僕は声を出すのも精いっぱいで、彼女の名前を呼ぶことしかできない。

何度目か分からない僕の声で、七海は急にピタリとその動きを止めた。

動きは止まったけど、変わらず耳は何か温かいものに触れているみたいだ。ここからどうすればと思ったんだけど、どうやら僕の身体も限界を迎《むか》えていたらしい。

人の身体は止まった時に一番重量を感じる……とか聞いたことがあるけど、今回のこれはまさにそれなのかもしれない。

加えて僕は全精力を使い果たしたのかってくらい、身体に力が入らなくなっている。

つまり、彼女の身体を支える力すら喪失《そうしつ》した僕は、そのままの後ろへと倒《たお》れこんだ。

せめて彼女がケガしないようにと、勢いを殺そうと力を入れたんだけど……ちょっと腹がつりそうになる。七海、大丈夫かな?

「……ひゃあ」

僕が倒れてから、七海は遅れて悲鳴の声を上げる。そこでようやく……耳から何かが離れたという喪失感を覚えた。

それと同時に、身体にわずかばかりの力が戻ってくる。なに、耳って押さえられたら力が抜ける器官だったの……？　そんなの初めて聞いたんだけど。

とりあえず、七海がケガとかはしてなそうで安心したよ。ここからどうすればいいのかは全く見当がつかないけどさ……。

倒れた僕の上で、七海が背中に回していた手を離して上半身を起こす。

気づけば、格闘技《かくとうぎ》のマウントポジションのような体勢になっていた。僕が下で、七海が上だ。さすがにここから殴《なぐ》られることはないだろうけど。

僕は七海を見上げると、彼女の頬《ほお》は上気していて若干《じゃっかん》だけど息が切れている。少し汗をかいているのか、髪が乱れてほんの少しだけ肌《はだ》に張り付いていた。

その髪をかきあげて、七海は耳に自身の髪をそっとかける。

七海が汗をかいていた……と言ったけど、どうやら僕もちょっと汗をかいているようだ。やっぱり、ちょっと興奮してたのかな？

「七海、今なにしたの？」

「えっと……こう……ボーッとして……」

「ボーッとして……？」

「耳を……ペロっとしました」

自身の指を僕の耳に見立てたのか、七海は軽く曲げた人差し指に対してほんの少しだけ舌を出して近づける。指を舐《な》めてはおらず、あくまでも近づけるだけだ。
だけどその指に舌を這《は》わせようとする仕草が、とんでもなく扇情的《せんじょうてき》に見えてしまってい
た。瞳がどこか潤《うる》んでいるのも、さらに色っぽさを倍加させている。
七海の綺麗《きれい》な舌先が、僕の耳に触れていた……？
実際にされていた状態を見るとなんだか恥ずかしくなってしまって、僕は手を伸ばして
自分の耳に触れる。
心なしか濡れてるように思うのは、僕が汗をかいているから……だと思っておこう。
「なんでそんなことしたの……」
「あ、ちょうどいいのがあるって感じになって……」
僕の耳はちょうどよかったようだ。
……前も確か同じようなことがあった気がする。過去最高にヤバかった時だ。あの時も
確か……七海は僕の耳を唇《くちびる》で挟み込んでいた気がする。
あの時も、こんな感じだったっけ。違うのは、睦子《むつこ》さんのノックが来なくても止まれた
って点だな。
今回は、僕の耳に来た刺激が強すぎたからか逆に冷静になれていた。もしも、もうちょ
っと刺激が弱かったら……僕も理性が飛んでいたかもしれない。

背筋がゾクゾクするような、ムズムズと痒《かゆ》くなるような、なんだか全身に震えがくる感覚。もっとしてほしいようで、やめてほしい刺激。

前に挟まれた時とはまた違っていた。だからこそ……止まれたのが惜《お》しかったような、助かったような不思議な気持ちだ。

七海は照れ隠《かく》しのように、倒れこんだ僕の胸に自身も倒れこんでいた。彼女の身体が僕の胴体《どうたい》にのしかかる、心地《ここち》のいい重みを感じる。

それにしてもなぁ……。

「なんていうか……七海って割とエッチなことに興味津々《きょうみしんしん》だよね」

「え……?!　そ……そんなことは……？」

「いやほら、結構前に僕の耳を唇で挟んだ時も……確か七海からだったよね？」

確か……うろ覚えだけど……。いや、でもあれは僕がなんか七海を触《さわ》ったからだっけか？　その理屈《りくつ》でいくと僕の方が興味津々ということになるか……？

「あう……今回ばかりは全く反論できない……」

口にしてから、もしかしてこれはブーメラン発言じゃないかと思ったけど、七海もあの時は自分から来たと思っていたようだ。

全身から湯気を吹き出しそうなくらいに真っ赤になった彼女は、一度僕の胸に顔をうずめてから……少し赤みを落ち着かせて顔を上げる。

それでも、普段から比べると真っ赤だけど。

「……陽信は……自分からいくエッチな私は嫌《きら》いかな……？」

「七海からされたら全然嫌《いや》じゃないし嫌いにならないしむしろ好きです」

思わず敬語で即答《そくとう》してしまった。

これはとんでもない破壊力のある一言だ。こんなこと言われて嫌いとか言える男子はいるのか？　少なくとも僕は無理だ。

恥じらって言うのがまたいいんだよ。これがたぶん、何でもない風に言われたら僕はここまでの破壊力を感じていないと思う。

恥じらい、大事。思わず片言になったけど、本当にそう思う。

そんな僕の葛藤を知ってか知らずか、七海は指先で僕の身体をいじっている。なんだかその感触がくすぐったくて、僕は思わず……余計なことを口走ってしまった。

「もしかして七海……ちょっと興奮してた？」

……何を言ってんだ僕？

あまりにも直球すぎるセクハラ発言に、一気に血の気が引いてしまった。七海が乗っている箇所《かしょ》があったかいのに、それ以外が一気に冷え切る。

まるで氷を溶けさせたみたいだ。冷たいのに、焦《あせ》りからか全身から汗《あせ》が噴《ふ》き出す。

ぶわっ……という音が出たんじゃないかっていうくらいに噴き出した汗だけど、それは七海も同じだったようで……。

七海はガバリを身体を起こして僕を見下ろしていた。

目を見開いて、唇を震わせて、声にならない声を断片的《だんぺんてき》に発している。

「……そ、そ、そうなのかな？　私、興奮してたのかな……?!　これが……興奮してたってことなのかな?!」

どうやら僕に指摘されるまで、その事実に七海は気づいていなかったようだ。唇の震えが伝播《でんぱ》したかのように肩を震わせ、胴体を震わせ、全身を震えさせる。

身体の震えは僕にも伝わってきて、僕の身体も震えてしまう。本当に余計なことを言った……言ってしまった。

それからしばらく、七海は僕の上で悶《もだ》えていた。

いや、変な意味じゃなくてね。文字通り苦悩《くのう》していただけ。ほんとに誓《ちか》って変なことはしてないけど、文字だけ見ると酷《ひど》いな。

「ごめん七海、余計なことを言ったね」

「いやその……私もちょっと……やりすぎたから反省……」

ぐったりと力なく僕《ぼく》に倒れこんだ七海は、息も絶え絶えな状態になっていた。上気した頬がどこか色っぽいけど、表情は完全に疲《つか》れ切っている。

僕は七海を慰《なぐさ》めるように、その背中をポンポンと叩く。徐々に七海の息も整ってきて、顔色も普通になっていった。

「えっと、私達って何の話してたんだっけ?」

「あー、うん。体育祭の話ね。体育祭」

あまりにも興奮……いや、これを言ったらまた七海が悶えるから言わないけど……興奮したからか七海は少しだけ記《き》憶《おく》を飛ばしてしまっていたようだ。

かくいう僕も、何の話してたかちょっと忘れちゃってたけど。

「そうだそうだ、体育祭だ体育祭……。うん、体育祭嫌いの陽信に、七海さんからのご褒《ほう》美《び》をあげようって話だ」

「そんな話だっけ?」

「いーの、そういう話ってことにしちゃうの」

ちょっと違う話だったような気がするけど、七海がそういう話にすると言うならあえてこれ以上の訂正《ていせい》はするまい。

「ちゃんと参加して、頑張《がんば》ったらご褒美あげるからねぇ」

ちょっとだけ顔を上げた七海は、ニシシと悪戯《いたずら》っぽく笑う。僕の上に乗っかっているのにその笑顔《えがお》はまるで無垢《むく》な少女のようだ。

さっきまで興奮して僕の耳に悪戯していた人と同一人物とは思えない。いたっ、顔に出てたのかぽかっと叩かれてしまった。

それにしてもご褒美……ご褒美かぁ。どんなご褒美なんだろうか。

七海に聞いた限りだと、体育祭は学校祭の時とは違って順位がつく。確か学年とクラスで色分けされたチーム戦だったはずだ。

去年の僕が七海のスマホに残ってたのは、もしかしたら去年同じチームだったからなのかも。

定番なら順位が上位だったらご褒美だっていう話なんだろうけど……どうやら七海は僕が参加しただけでご褒美をくれるらしい。

なんと豪華《ごうか》な参加賞であることか。

……本当に現金だな、僕。

「でもそうなると、何に参加すればいいんだろうなぁ。次のホームルームで参加競技決めるんだっけ？」

「確かそのはずだよー。陽信、バスケとか参加してみる？　先輩《せんぱい》喜ぶんじゃない？」

「いやー、ガチバスケは絶対に負けるからなぁ……」

あと、バスケは人気高そうだ。そこに面白《おもしろ》半分で参加するのも参加したい人に悪い気がする。団体競技が苦手ってのもあるけど。

そうなると個人でできる競技……マラソンとか、走る系かな？　それをやるなら特訓しないといけないよなぁ。持久力に自信ないし。

何が良いかと悩《なや》んでいると、七海が何かを言いたそうにしているのに気が付いた。

もしかしたら一緒に出たい競技とかあるんだろうか？　ペア競技？　なんだろう、卓球《たっきゅう》とかテニスとかそういうのだろうか。

あいにくと球技は詳《くわ》しくないんだけど、二人で出られると言ったらそれくらいしかないんじゃないだろうか？

「七海、もしかしてなんか出たい競技あるの？」

「え？　いやその……えっと……なんでもないよ……」

あれ、珍《めずら》しく七海の歯切れが悪い。なんだか言いたそうにしていたから水を向けてみたんだけど何でもないとか言われちゃった……。

チラリと七海を見るんだけど、やっぱり目が泳いでいるというか、どこか落ち着かない雰囲気をまとっている。

これはあれかな、言いたいことはあるんだけど遠慮《えんりょ》して言えない状態かな？

僕と七海の間では非常に珍しいことのような気がする。いつもお互いに言いたいことは言って、隠し事《ごと》はない……というかあってもその場で解決するようにしてきたから。

そういう時もあるかな……と、引き下がってしまおうかと思ったけど僕はその考えを思いとどまらせる。

こういう時は逆にちゃんと話を聞くべきだ。言いたいことをちゃんと聞いておかないと、後々トラブルになったりするからね。

ちょっとした誤解や不和から、大きなトラブルになることだってある。男女間の波乱というのは創作では必要なスパイスかもしれないけど……。

あいにくと僕と七海のお付き合いは創作ではない。だから事前にトラブルの芽はすべて摘《つ》ませてもらおうかな。徹底的《てっていてき》に。

僕は七海の背中に手を回す。

急な僕の行動に、小さくピクッと震えた七海が僕の方を見てくるけど僕はあえて目を合わせないで七海の背中を抱きしめた。

手は、ちょうど七海の脇腹《わきばら》あたりにある状態だ。

「よ、陽信……？」

「七海……」

僕は彼女《かのじょ》の名前を小さく呼ぶと、そのままさらに足を使って七海の身体を拘束《こうそく》した。

「へ？」

「言いたいことを言わないのであれば、このまま七海をくすぐります」

「待ってッ⁈　なにそれッ⁈」

焦った七海が僕の手を振《ふ》り払《はら》おうとするけど、ちゃんと固めた状態では崩《くず》されるわけもなく微動《びどう》だにしない……。いや、ちょっとは動くな。

流石《さすが》に七海も割と力が強い。微動だにしないとはいかなかったか。それでも、ちょっとやそっとじゃ抜け出せないぞ。

「さぁ、観念して白状するのです。カウントダウンスタート。十……九……八……」

「陽信マジで言ってるの⁈　いや待って、カウントダウン怖いから待って⁈」

ちょっと焦った七海がジタバタとして、僕は手を離《はな》してしまいそうになる。それを何とかこらえてカウントダウンを続けていると……ちょっと奇妙《きみょう》なことに気付いた。

七海これ、やろうと思えば僕から抜け出せるんじゃ……？　僕も七海も、お互いにこの状況《じょうきょう》を楽しんでいるような……。

いや、僕が楽しいのは当たり前なんだけどさ。

「分かった！　降参降参！　言うからくすぐるのやめてー!!」

カウントが二まで減ったところで最終的に七海からのギブアップが飛び出した。まだくすぐる前だって言うのに、笑いながら。

僕はその言葉を受けて、七海を抱《かか》えていた手を緩《ゆる》めて足を離す。正直、もうちょっとしてたらたぶん……普通《ふつう》に色々な限界がきてただろう。僕のね。

「それで、何に出たいの？」

「えっとね、その……」

ちょっとだけ言いづらそうに躊躇《ためら》っていた七海は、上目使いで僕へ視線を送りながら照れたように口元を手で隠して口を開く。

「その……二人で出られる競技があるんだよね。男女ペアで」

「へぇ、そんなのがあるんだ。球技か何か？」

「ううん。ジャンル的には陸上系かな？　二人で協力して走るってやつだよ」

へぇ、球技じゃないんだ。それはちょっとありがたいかもしれない。球技はなんだか苦手意識が強いし、うまくできる気がしないから。

協力して走る競技か。確かに二人三脚《ににんさんきゃく》とかあるもんね。それなら確かに二人で出られるし、練習とか大変そうだけど楽しそうでもある。

七海と協力できるってのが一番いいところだ。

「いいじゃない、それ出ようよ。なんで言うの躊躇ってたの？」

「あー、その……競技名が……」

「ん？　協力して走るって二人三脚じゃないの？」

「ちょっと違《ちが》ってて……おんぶ競争ってやつ」

なにそれ知らない。

てっきり二人三脚だとばかり思っていたから、知らない競技名が出てきて僕は首を傾《かし》げる。おんぶ競争……？

なんとなく名前からおんぶして競争するってのは分かるけど。

「それって、僕が七海をおんぶして走るの？」

「基本的にはそうだけど、別に私が陽信をおんぶして走ってもいいんだよね」

それはダメでしょう。

なんかもう絵面が酷い。七海におんぶされるって……控《ひか》えめに考えてもダメ男とかそういうレベルじゃないダメさだ。

七海も想像してみたのか、さすがに変かぁと笑う。ただなんかちょっとやってみたそうにもしていた。

……さすがに筋力的にも無理じゃないかなぁ。

「そんな競争あったんだね」

「割とカップルで出場する人が多いんだよ。後は、仲良くなりたい男子を誘《さそ》ったりとか」

なるほどなるほど、そういうイベントなわけだ。

それにしても凄いな。なんでも恋愛《れんあい》要素に結び付けるのって、どこかたくましさを感じてしまう。もともとそういう競技なのかもしれないけど。

確かにそれなら、僕と七海で一緒に出れるし、体育祭を頑張れそうな気がする。

ただ、今の話を聞いても……なんで七海が僕に言うのを躊躇ったのかが分からない。なんか変なことをする競技だったりするんだろうか？

話に聞いた限りでは、むしろ僕が躊躇いそうな話だ。

「……なんでさっき、説明を躊躇ったの？」

「それはその……」

ほんの少しだけ七海の目が泳ぐ。僕から視線を外して、七海はやっぱり口ごもってしまっていた。そんなに変な要素あるんだろうか？

しばらくして決心がついたのか、ゆっくりと七海は躊躇った理由を口にする。

「おんぶ競争って名前だけど、ペアで抱えるなら抱え方《かた》は何でもよくて……」

「あぁ、そうなんだ。じゃあ別に、抱っことかでもいいの？」

おんぶよりもハードルは高そうだ。腕《うで》の筋力とか、腰への負担とか……とんでもないことになりそう。

いや、肩車《かたぐるま》みたいに抱えれば大丈夫《だいじょうぶ》か？　抱っことはまたちょっと違うけど、七海を横にして肩《かた》に担《かつ》いで……。ダメか、荷物じゃないんだから情緒《じょうちょ》も何もない。

「ペアで抱えてたらなんでもよくて、お姫様《ひめさま》抱っこでゴールとかもあるんだよ。お互いに抱き合う形でゴールしたりとか……さっきの私達《たち》みたいな感じで」

向かい合っての抱っこで走るって……だいぶきつくないかなそれ？　普通の抱っこよりも全体の筋肉を使いそうだ。筋トレにはよさそうだけど。

でもやっぱり、躊躇う理由は……。いや、向かい合っての抱っこは絵面が一番ひどいから躊躇ったのかな？　想像してみると結構ヤバそうだし。

僕が勝手に納得《なっとく》していたら、思いもよらない一言が七海の口から飛び出す。

「さっき抱き着いて興奮しちゃったから……みんなの前でそうなったらヤダなって思ったら言えなくて……」

言い終わると七海は、僕の胸に自身の顔を突《つ》っ伏《ぷ》して表情を隠す。恥《は》ずかしそうにしながら、僕の胸あたりでぐりぐりと頭部を動かしていた。

これって……もしかしたら僕の余計な一言のせいだったのか。興奮したとか、あまりにもデリカシーのない一言だった。それなら確かに言いづらいよなぁ。

「変なこと言ってごめんなさい」

「真摯《しんし》に謝《あやま》らないで!!　余計になんか恥ずかしくなっちゃうから！」

七海は唸《うな》り声を上げながら、僕の上でくねくねと悶えてしまう。

「まぁ、これも今日の練習だと思えば……。凄い刺激的《しげきてき》だったけど」

「改めて解説しないでよぉ……陽信がいぢめる～……」

涙声《なみだごえ》で七海は僕の身体に手を回して、再び抱きしめるような体勢を作る。力は込められておらず、ふんわりと柔らかい。

それがどこか心地よくて、僕は改めて七海の頭をゆっくりと撫《な》でる。

とりあえず……体育祭で出る競技の目星も付けたし頑張りましょうかね。

嫌だけど……嫌だけど、七海との思い出を作るには嫌なことも頑張らなければならない時がきっと来るだろう。

これはそれの予行練習だ。なるほど、そういう意味では学校行事は勉強の一環《いっかん》と言ってもいいのかもしれない。納得した。

抱き着く七海のぬくもりを感じながら、僕は今できることを精いっぱいやろうと決意を新たにしていた。

いつまでもくっついていると癖《くせ》になってしまいそうだという一言で、私は渋々《しぶしぶ》ながら陽《よう》信《しん》から離れることにした。

確かに癖になったら……いつもピッタリくっついてたくなるから色々困るよね。

最近は学校でも結構くっつくことが多くなった気がするけど、癖にまではなってないし。なってない……はずだし。もうなってるとかは禁句だ。

場所に合わせた距離感《きょり》……TPOというのは大切だ。場の空気というものもある。

そういうのを読まなくなった時、きっとより一層のバカップル化が進んでしまうんだろうなって自覚が私の中にはあったりする。

ん？　いくら私でも、今の陽信とのイチャイチャが周囲からどう見られているかは割と自覚しているんだよ。

たぶん私と陽信は、一般的《いっぱんてき》にはバカップルとか言われる部類だ。

それがなんだというのだ。周囲に迷惑《めいわく》をかけてなければいいのだ。私と陽信がイチャイチャするのが校則違反《いはん》になるわけが……。

いや、やりすぎたら違反になるのか。……自覚してるのにステージ上で思いっきりキスとかしちゃったし。

さらにはそのことで、保健室の先生から舌を入れなかったのとか言われちゃうし。まさかそんな手があるとは思わなかった。勉強になったなぁ。

かといって、それを知っていてステージ上でできたかと言われると……たぶんノーだ。流石にそこまでは……無理だと思う。無理だと思うけど、どうなんだろう？触《ふ》れるキスだけであそこまで……甘く蕩《とろ》けて脳が痺れるような、身体が熱くなるような感覚があるんだからなぁ……。

よく、キスはレモンの味とか言うけどそんな甘酸《あまず》っぱいというか……こう、キレイなものでなかった。味だけで言うと官能的な味……とでも表現したほうがしっくりくる。

そこに舌とか……。さらに濃密《のうみつ》な接触《せっしょく》があったらどうなっちゃうんだろ？もしかしたら死ぬほどの……実際には死なないけど、それくらいの何かが私の身体に起こるのかもしれない。気絶してしまうかも。

そう思うと、さっきやったことは久々に……いや久々じゃないかもしれないけど、個人的にはちょっとやっちゃったなぁと少し思う。

いくら興奮していたとはいえ、陽信のお耳をこう……唇……というか舌先で弄《もてあそ》ぶとは思わなかった。自分でも予想外だ。

もしかしたら、舌云々《うんぬん》の話があったからやってしまったのかもしれない。いや、実は他にも理由はあるんだけどさ……。

私は彼《かれ》の耳に視線を向ける。

さっき近くで見た時も思ったけど、丸っこくて可愛《かわい》い耳だ。ちょっとこう、男の子らしくと言っていいのか分からないけど、厚みがある感じ。

こうして耳を凝視《ぎょうし》するって機会はあまりなかったけど、私とは全然形が違うんだな。そういえば陽信はピアスも開けてないんだっけ。つるんとしてる。

あと、陽信ってけっこう肌キレイだよね。何にもケアとかしてないとか言ってたけど、将来を考えると今のうちからケアを教えてあげたくなる。

いつまでも陽信には触れて気持ちいい肌になっていてほしい。

ちょっとエッチな言い方になっちゃった。

ともあれ、陽信のお耳だ。さっきは目の前になんかこうピコッとあったから、ついつい舌で……やってしまったわけだ。

これを口寂《くちさび》しくなったとでも言うんだろうか？

でも舌先で遊んではいたけど、別に味わったとかそういうのじゃないので美味《おい》しいとかって感想は無いんだよね。

いや、それこそその……興奮しすぎて覚えてないとかそういう話なのかもしれないけど。楽しかったたって実感だけはある。

……でも、美味しかったよとか言ったら陽信はどんな反応をするんだろうか？　ちょっとだけ私の中の好奇心《こうきしん》が疼《うず》く。セクハラかな？　セクハラだろうか？

さっき陽信にエッチなことに興味津々とか言われてしまって反論できなかったけど、少し冷静になった今ならこう言える。

私はエッチなことに興味津々なんじゃなくて、陽信のことに興味津々なのだ。

どういうことをしたらどういう反応を示してくれるのかとか、私のことをどう触れてくるのかとか、どんな声を出すのかとか……。

そういうことは手段であって、目的ではない。……ということにしておこう。なんか手段の方が目的になりそうな危《あや》うさがあるけど。

「七海《ななみ》どしたのさ？　随分《ずいぶん》、考《かんが》え込んでるけど」

「ふぇっ……⁈」

急に陽信と視線が合って、私は驚《おどろ》きから身体をビクッと震わせてしまった。そのままの勢いで立ち上がって、バランスを崩して後ろに倒れこむ。

「あぶなっ……！」

とっさに陽信が私の腰あたりを持ってくれて、後ろに完全に倒れるのは免《まぬが》れた。ただ後ろはベッドなので倒れてもそこまでは危険ではないと思う。

別な意味で危険ではあるけど……。というかさっきとは逆だなぁ。さっきは私が上、陽信が下だったけど、このまま倒れたら私が下で、陽信が上になる。

それもそれでありだなって、甘美《かんび》な誘惑《ゆうわく》に負けそうだ。

でもまぁ、たとえ陽信が私を押《お》し倒してもきっと彼は何もしないだろうな。今日は私の部屋だし、一階にお母さん達もいるし。

……そもそも陽信は私をその……高校の間は……抱かないって言ってるし。ちょっとだけ不満だけど、嬉《うれ》しくもあるあの時の想《おも》いを反芻《はんすう》する。

私は私で陽信への誘惑を緩めるつもりは無いので、ある意味でこれは勝負なんだろうなとも思ってたりする。

陽信が耐えたら彼の勝ち、陽信が耐えられなかったら私の勝ち。

本来は勝ち負けじゃないけど、そう思うのも楽しい。彼とは色々な練習はしてるけど、私は手を出させようと虎視眈々《こしたんたん》と狙《ねら》っていたりもする。

まぁ、怖《こわ》いってのも本音だからちょっと中途半端《ちゅうとはんぱ》にはなってるけどさ。

「陽信、ちょっと聞きたいんだけどさ」

「ん？　何？」

腰を支えられた体勢のままで、私はちょっとだけ悪戯心が芽生えてきて陽信に問いかけた。きっとこの問いかけは、彼にとっては予想外に違いない。

それがどういう結果を生むのかは分からないけど……。それでも私は、それを彼に聞いてみたくなったんだ。

「耳を舐められた時って、どんな感じだった？」

「へっ？」

あ、陽信の力が抜けてバランスが……。

人はバランスを崩すと、わりと重たい方に引っ張られてしまう。だからこれは、彼が私を支えた状態で力を抜いちゃったからの必然だ。

いやまぁ、私が力を抜かしてしまったんだけど。決して私が特別重たいとか、太ったとか、肥えたとか、そういう話じゃない。絶対違う。

まぁ、何が言いたいかと言うと……。バランスを崩した陽信は私の方に倒れこんできたわけ。そのままゆっくりと、私は彼とベッドに倒れこむ。

ちょっとだけ彼の重みを感じるけど、陽信は私の上に完全に体重がかからないように手で支えてくれていた。

こうして疑似的《ぎじてき》に押し倒されるのは何回目かな？

さっきまでとは逆の体勢になって、私は彼を見上げる。ピッタリとくっつく感じじゃなくて、少し隙間《すきま》があるこの感覚……。

身体が触れそうで、触れない。ほんの少しの距離が遠い感じ。

さっきまでぴったりくっついといて何を言ってるんだか……と思うかもしれないけど、これはこれでいいんだよね。

「七海……危ないよ……」

ちょっと怒《おこ》ったように言われちゃった。確かにちょっと危なかったので反省だ。

「ごめんごめん、つい聞いてみたくなっちゃって」

「もう……危ないから変な体勢ではやめてよね」

そうして彼が身体を起こして、優《やさ》しく私から離れようとしたところで……私も上半身を起こして彼の手を取った。正確には、彼の服だけど。

「……七海？」

「もうちょっと……ね？」

まるで誘ってるように言ってしまったけど、特にその……他意があったわけじゃない。

ただ、ただもう少し逆の体勢を楽しみたかっただけだ。

陽信はちょっとだけ躊躇ったように視線を上に向けて、しょうがないなって笑顔を浮《う》かべながら再度私の方へと向かってくる。

私はそのまま、ゆっくりとベッドに倒れこむ。ぽふんって感じで、お布団《ふとん》が形を変えて私の肌を撫でる。気持ちがいい。

ドキドキしながら陽信の挙動を見ている。視線が彼の胸元《むなもと》に行ってしまい、そこから覗《のぞ》く鍛《きた》えられた彼の肉体を視界にいれた。

そこから上に視線を移すと、喉仏《のどぼとけ》が目に入った。じっくり見ると私の喉《のど》と全然違う形してるなって……なんだかその形の違いにドキリとする。

陽信は私を潰《つぶ》さないように、腕で支えながら私の上に覆《おお》いかぶさった。

「腕がきつかったら、乗ってもいいから」

「いや、確かにちょっときついけど……それでもまぁ、筋トレだと思えば……」

「私にぶつかったらダメな筋トレかな？」

「それは……ごめん、何回かわざとぶつかっちゃいそう」

クスリと笑って、私は彼に手を伸《の》ばした。

これは……お母さんに見られたら絶対に言い訳できないなぁ。そんなことを思いながら、私は掌《てのひら》を陽信に触れさせる。

「七海……？」

気が付くと、私は彼の首元に手を触れさせていた。まるで首を絞《し》めるような手の形になってしまっている。

力は込《こ》めてなくて、ただ触れているだけだけど私の首との違いに驚いた。

こんなに男性の首って……ごつごつして太いんだ。

そのまま首に手を這わせて、ぽこっと出っ張っている喉仏に触れた。硬《かた》い。思ったよりも硬い感触《かんしょく》だ。

もっと柔《やわ》らかいかと思っていたんだけど、喉仏って骨だったっけ？

「あの……七海？」

「あっ、ごめん……」

撫でるように喉を触っていたら、陽信が困惑《こんわく》していた。そうだよね、いきなり彼女が首に触れたらビックリしちゃうよね。

「喉仏が珍しくてさぁ。ついつい触ってみたくなっちゃった」

「そうなんだ、でも確か……女性にも喉仏ってあったはずだよ？」

「うん、確か目立たないけど……この辺とかかな……？」

そして陽信は、ゆっくりと私の首に手を触れさせた。

首筋に彼の手が触れた瞬間《しゅんかん》、彼の手の熱が私の首に伝わり私の全身をムズムズとした何かが駆《か》け巡《めぐ》った。

くすぐったさのような、でもくすぐったいのとは違う……。熱いと思うのに寒さで震《ふる》えるような、変な感覚が首から全身に流れる。まるで、稲妻《いなずま》のような速度で。

「ッ……?!」

声にならない声を上げる。

気持ち悪いような、でももっと触って欲《ほ》しいような。彼の手が首を這うたびにムズムズする感覚は強くなっていく。

思わず彼の手を掴《つか》んで力を入れてしまった。この手を拒《こば》みたいのか、受け入れたいのかは私の中では判断がついていない。

分からないまま、彼の手を押さえた。

「ごめん、嫌だったかな？」

「う……ううん……嫌じゃないんだけど、嫌じゃないけど……やめておいてほしいかも」

「え？　そうなの？」

頭の中でこれ以上は危険だという声がけたたましく上がっている。誰《だれ》の声かって？　私の声だよ。これ以上は、本当に、ヤバい。

陽信の手が私の首から離れた時が一番ヤバかった。偶然《ぐうぜん》だけど、手が離れる瞬間に、最後の最後に、首筋を弾《はじ》くような撫でられ方をされてしまった。

声を上げなかった自分を褒《ほ》めてあげたい気分だ。

「じゃあ、首はもう触らないようにするね」

申し訳なさそうに言うその言葉に、私は黙《だま》って首肯《しゅこう》する。

軽口でまた触ってもいいよとか、触ってくれないのとか、そんなことを言う余裕《よゆう》すら失っていた。

また触って欲しいけど、触られたらきっとヤバい。

そんな思いからか、それとも声を堪《こら》えていた反動か、私は言葉を発せなくなってしまった。出そうと思っても、喉が閉まったように声が出ない。

しばらく……私と陽信の間に沈黙《ちんもく》が流れる。ちょっとだけ気恥《きは》ずかしくて視線を外すんだけど、お互《たが》いにチラチラを相手を見てしまう。

何回目かの視線移動で、バッチリと目が合って思わず笑ってしまった。

私が笑うと、陽信も笑ってくれてなんだか嬉しくなる。押し倒《たお》されてるような見た目なのに、なんだか穏《おだ》やかな気持ちになるなぁ。

ちょっとはドキドキするけどね。

一度視線が合うと、今度は視線を外さないで見つめ合うことになった。逆光で彼の表情がいつもとは違って見えるのが、なんだか新鮮《しんせん》だなぁ。

「七海さぁ……」

「ん？　なーに？」

ちょっと真面目な表情の陽信が、私の目を見てくる。私はその視線を真正面から受けて微笑《ほほえ》んだ。

「……なんで耳をその……舌で……？　ほんとにボーっとしてただけ……？」

真面目な表情でさっきのことを聞かれてしまった。ちょっと誤魔化《ごまか》しながら言っているあたり、陽信も照れているのかもしれない。

うん、可愛い。

「あー……うんとねぇ……」

実はボーっとしていた以外の理由は……あったりする。まぁ、あったからと言って目の前になかったらやろうとは思わなかっただろうけど。

「実はその……」

「実は？」

「男の人って耳舐《な》められるの好きらしいよって聞いて」

「待って、誰から……？」

「ピーチちゃんとナオちゃん」

おぉ、こんな苦悩した表情の陽信を見るのは久しぶりかもしれない。いつ以来だろうか、ものすごい苦虫を噛《か》み潰したような表情をしている。

あと、ピーチちゃんだけじゃなくてナオちゃんってところも苦悩ポイントなのかもしれない。陽信のバイト先の先輩だし。

二人から言われたのって、ほんとにたまたま、偶然同じタイミングで言われただけなんだよね。

ピーチちゃんは最近ＡＳＭＲを勉強しているらしくって、その過程でその……耳を舐めるというものがあると知ったらしい。

ナオちゃんは女の子が可愛い声で囁《ささや》いてくれる系にハマっているらしい。男性のは照れすぎてダメだったとか。

そんな楽しみ方が違う二人から、同じような情報が私の所に届いた。

『囁いて耳舐めてあげたら効果抜群《ばつぐん》じゃない』

と……。

そんなこと照れくさくてできないよとか否定していたんだけど、情報として持っていたからかバッチリやってしまったわけだ。私の自制心……かなり低いみたい。

「ピーチさんはまだ分かるけど、ユウ先輩まで……」

え？　陽信にとってピーチちゃんってそういう評価だったの？

話を聞くと、どうやらピーチちゃんは最近、ボイスチャットでゲーム仲間相手にＡＳＭＲの練習をしているようだ。

あくまで健全な範囲《はんい》で、全員相手に、二人っきりとかではやってないらしいけど……。大丈夫かなゲーム仲間さん達、捕《つか》まらないかな？

ともあれ、そういう経緯《けいい》で私は陽信の耳をこう……ペロッとしてしまったわけだ。

「七海……悪影響《あくえいきょう》受けてない？　大丈夫……？」

おぉ、陽信が疲れたようにぐったりとしている。知り合いからのそういう話は思った以上に気力を削《けず》ったのかもしれない。

とりあえず、悪影響云々《うんぬん》の所には明確に答えを返さずに笑ってごまかそう。

影響は受けてるけど、これが悪いかどうかはよく分かんないし。いや、さっき楽しかったからむしろ良い影響な気がする。

私が笑ってごまかしたのを見て、陽信は仕方ないなって笑みを浮かべる。

この笑顔が、私は好きだ。

ちょっとズルい考えだけど、私が変なことをしても陽信がそれを許してくれて、受け入れてくれる感じがするからだ。

ただ、いつか許されなくなったらと想像するだけで背筋が寒くなって泣きそうになる。

だからわざと彼を困らせたり、誤魔化したりはしたくなかった。

あくまでもこれは、ちょっとしたことで見せてくれる笑顔だと肝《きも》に銘《めい》じておかないと。

きっと調子に乗ったら、いつか大失敗してしまう。

そして、これから私が聞くことはその範疇《はんちゅう》ではない……ということにしておこう。というかこれは……さっきなんだかんだで答えを貰《もら》えなかった部分だ。

こればっかりは、聞かないと理解できない。

「改めて聞きたいんだけど……いい？」

「ん？　いいよ。なにかな？」

促《うなが》されたけど、私はすぐには言葉が出てこなかった。詰《つ》まったようになってしまって、一拍《いっぱく》置いて深呼吸をする。

私はゆっくりと好奇心が緊張《きんちょう》を上回るのを待って、不思議そうに私の言葉を待つ陽信に言葉を届ける。

「……陽信、さっきの……気持ちよかった？」

さっきは直接的な聞き方ができずにちょっと濁《にご》しちゃったけど、意味は伝わっているはず。だってほら、その証拠《しょうこ》に……目を丸くして驚いた陽信が赤くなっていく。

その反応でよく分かったけど、私はあえて彼からの答えが聞きたくてねぇねぇと催促《さいそく》する。真っ赤になった陽信は、ちょっとだけ顔を私から逸《そ》らしてポツリと呟《つぶや》いた。

「……たぶん、気持ちよかった」

その答えを聞いて、私はなんだか嬉しくなって……漏《も》れ出る笑いを抑《おさ》えもせずに彼に手を伸ばして力いっぱい抱《だ》きしめる。

バランスを崩した陽信は私の上にそのまま乗って、しばらく私達はベッドの上で抱き合う。陽信の顔が、ちょうど私の耳元にある形だ。

さっきと逆の体勢になったけど……陽信は私の耳は舐めてこなかった。

ちぇっ。

第二章　僕だけのチアガール

少し恥ずかしい話だけど、体育祭と運動会に違いがあることを僕《ぼく》は知らなかった。どうやら違いは生徒が運営に関わるかどうかからしい。

だから「祭」の文字があるのかな？　学校祭と対になる体育系のお祭り、それが体育祭なんだろう。

「はーっはっはー！　体育祭頑張《がんば》るぞー!!」

胸にでっかくデザインと一緒《いっしょ》に『2－2』と入ったTシャツで仁志《ひとし》がテンション高く腰《こし》に手を当てていた。ちなみに背中には出席番号と一緒に『彼女募集《かのじょぼしゅう》中！』と書かれている。

念願のクラスTシャツを作れたからテンションが高いんだろうな。みんなも配られたクラスTシャツを手にわいわいとしている。

今日のホームルームは体育祭の最終確認《かくにん》と、クラスTシャツの配布だった。希望者だけでお金を集めて……って感じなんだけど、なんと全員が希望した。

こういうのってってっきり何人かは反対したり、希望しなかったりするのかなとも思ったんだけど、意外だったなぁ。

まぁ、男子は仁志の発した一言が原因のような気もする。

『実質、クラスの女子とペアルックじゃね？』

単純な一言だけど、効果は抜群だった。先生が少し補填《ほてん》してくれるってのも後押《あとお》しになったんだろうけど。

そういえば僕って、七海《ななみ》とペアルックってしたことなかったなぁ。七海がそういうのを言ってこなかったのもあるけど。

七海はそういうの抵抗《ていこう》あるんだろうか？　僕としては……七海が喜んでくれるならアリかなとも思う。

ただ、男女で同じ服着るのって難しいような気もする。似合う似合わないもあるし、服のデザインとかもあるし……。

そういう意味だと、このクラスTシャツはペアルックの練習みたいなものなのかもしれない。これで抵抗なかったら、お揃《そろ》いのを考えてもいいかもしれないね。

初めてのクラスTシャツを手にして、ちょっとだけテンションが上がっているからそんな考えが浮かぶのかもしれない。

「陽信《ようしん》は着ないの？」

いつの間にか隣《となり》に来ていた七海もTシャツを手にしていた。さすがに女子はここで着ることはしていないようだけど。

「さすがにシャツ脱《ぬ》がないと着れないからねぇ……。ここで脱ぐのは……」

「あぁ……うん……だね」

何人かの男子は女子がいるのにもかかわらず、テンションが上がってシャツを脱いでクラスTシャツを着ていた。

女子はそんな男子を信じられないというような、だけどそんなことができるのをちょっとだけ羨《うらや》ましいような目で見ていて、着替《きが》えはしていない。

ただ、神恵内《かもえない》さんだけは「私も着よっかなぁ」とか言って脱ごうとして周囲から全力で止められていた。本気で危ないなあの人。

ちなみに今は音更《おとふけ》さんからお説教中である。

「なんだ陽信、脱がないって……まさかキスマークがあるとか……？」

「そんなこと言ってるから彼女《かのじょ》できないんじゃ……？」

反射的に言った僕の軽口に仁志が静かに打ちのめされてしまった。しまった、つい……。

いやだって、キスマークとか七海が恥ずかしがるでしょ？

「くそう……陽信はあれからなかなか俺《おれ》のこと名前で呼んでくれないし、彼女はできないし……体育祭では絶対に活躍《かつやく》してモテてやる」

　とぼとぼと肩を落としながら、仁志は僕等から離《はな》れて女子達の方へと向かっていった。凹《へこ》んでも女子めがけてるあたりそこまで落ち込んではなさそうだ。

　ちなみに彼が言った通り、僕は仁志のことをなかなか名前で呼べていなかったりする。心の中では割と言えているんだけどね。

　なんかこう、友達を名前で呼ぶってまだ僕の中でハードルが高いようで。一回呼べてからそのままいけるかなと思ったんだけど。

　呼ぼうとすると、ちょっと照れが入る。だから勢いがないと呼べてない。

「むー……イチャイチャしてる？」

「なんで……？」

　急に七海がムッとして頬《ほお》を膨《ふく》らませていた。いや、本当になんでイチャイチャという話が出てくるんだろうか？

　机の上に上半身を倒し、七海はプーッと口から空気を出している。

「女のカン。というか、名前で呼べないって照れてるんでしょ？」

「なんで分かったの……？」

「彼女ですから。それって私にやるやつでしょー」

「いや、七海のことはもう七海って呼んでるじゃない」

「そうだけど、そうなんだけど、なんかこう複雑な感情が渦巻《うずま》いてるの……」

七海自身も考えがまとまっていないのか、頬を膨らませながらもどこか迷いながら頭を抱《かか》えていた。

でもなんとなく、言わんとしていることは分かるような気がする。

僕が七海を名前で呼ぶようになったのは本当に最初も最初、さん付けの「七海さん」って呼び方ではあったけど、あの日の保健室でだ。

あの時は七海にお願いされてってのもあったけど、七海に好かれようってとにかく必死だったから呼べたことだ。

だからこう……仁志に対しての方がヒロインムーブしてるとかじゃないよ？

「まさか男子に対して嫉妬心《しっとしん》を抱く日が来るとは……」

「学校祭の終わりにも似たようなこと言ってたじゃない」

「あれは半分冗談《じょうだん》みたいなもので、ほんとになるとは……」

ちょっとだけため息をついて、七海は憂鬱《ゆううつ》そうにしている。元気出してほしいなぁと思って、僕は七海にTシャツを見せた。

「大丈夫《だいじょうぶ》大丈夫、心配しないで。ほら、僕の背中には七海の名前入れてるんだから」

Tシャツを広げると『七海と一緒』という文字が入っていた。正直……正直言うとクッソ恥ずかしいけど、Tシャツを作る時に七海にお願いされたのだ。

せっかくだからTシャツの文字をお揃いにしないって。

僕としては少しだけ、ほんの少しだけ躊躇《ためら》ったけどせっかくのクラスの思い出だしそういうのがあっても良いなと思ったのも事実。

だからこう……背負っても恥ずかしくないなと思う範囲の文字を入れたのだ。

「えへへ、嬉しい」

七海もTシャツを広げるとそこには『陽信と一緒』という文字が入っていた。ハートも入れたいとか言ってたけどさすがにそれはと勘弁《かんべん》してもらった。

と言うか最初の七海の提案は結構こう……露骨《ろこつ》と言うか、ラブとかそういう系のが多かったんだよね。最終的に今回が一番落ち着いてたからそれにしたんだけど。

今こうしてプリントされた文字を見て喜んでいる七海を見ると、もしかして……という考えが僕の中に浮かんできた。

「七海、もしかしてさぁ」

「ん？　なーに？」

「最初にめちゃくちゃ恥ずかしい文字を出してきてたのって……この文字を通すためだっ

たりする？」

ニコニコと身体を揺《ゆ》らしていた七海の動きが、僕の言葉を聞いた瞬間にピタリと止まった。まるで七海だけ時間が停止したように、ピクリとも動かなくなる。

心なしか笑顔《えがお》が引きつっているようにも見えてきて、よくよく見ると……冷《ひ》や汗《あせ》をほんの少しだけかいていた。

これは……やられたかな？

「七海……？」

ちょっとだけ詰めるように七海に顔を近づけると、七海はほんの少しだけ狼狽《うろた》えて僕から視線を逸らした。決定的だなぁ。

「……はい、その通りです」

降参したように七海はTシャツの文字を僕に見せてきた。なるほどなるほど、交渉《こうしょう》のテクニックとしてそういうのがあると聞いたことあるけど、まさか自分がやられるとは。

「……陽信、怒った？」

「あ、いや。怒ってはいないよ。これはほんと」

別に怒ってるわけじゃなくて、どっちかというとしてやられて悔《くや》しいというか、ドッキリを食《く》らった時のような楽しさというか……。

陽信と
一緒
07

そういう、謎《なぞ》の気持ちよさがあった。七海の策に見事にハマったからなのかな？　七海は僕が怒ってないことからホッとしたようだけど。

「あんまりラブラブ全開だと私も恥《は》ずかしいしねぇ。これくらいなら……って感じだったけど、陽信は嫌《いや》がるかもだからちょっとハードルを……」

なるほどねぇ。確かに最初にこれを出されてたら……ちょっと躊躇っていたかもしれない。もうすでにハードルが下がってる可能性は否《いな》めないけど。

「でもそっかぁ、七海もとうとう……僕をそういう策にはめるようになったかぁ」

個人的にはそのことに対しては、ちょっと嬉しい気持ちがあったりする。どんどん七海が僕に対して遠慮《えんりょ》がなくなってくるってことだから。

言葉を尽《つ》くしていても、どこか遠慮するようなことはたまーにあるんだよね。お互いの尊重って意味では大事なのかもしれないけど……。

だからこうして、七海が自分の意見を通すために僕に色々と仕掛《しか》けるのは……良いことのような気がする。

行きすぎたらこれもすれ違《ちが》いの原因になるかもだから、気を付けないといけないけど。

「ご、ごめん……」

「あ、違う違う。七海が徐々《じょじょ》に僕にわがまま出してくれて嬉しいなって思ってさ」

「そうなの？　じゃあ陽信も、私にもっとわがまま言ってね？」

僕のわがままかぁ。僕のわがまま……なんだろうか。あんまり思いつかない。七海に対してわがままな意見を言う……。

すぐには思いつかずにうんうん唸《うな》ってみるけど、結局答えは出なかった。

「そのうち、僕もわがまま出させてもらうよ」

その答えを受けて、七海は嬉しそうに微笑んだ。わがままを言うって宣言して喜ばれるのもちょっと不思議だけど、それはそれで楽しみだ。

だけど、その後の七海の返事が問題だった。

「うん。陽信、遠慮せずに私をはめてね」

七海のその一言に、周囲がざわついた
あまりの衝撃《しょうげき》に椅子《いす》からずっこけそうになった。

これはさっき、僕が策にはめるっていう言い方をしたからそれに倣《なら》って言っただけだ。きっとそうだ。きっと他意はない。絶対にない。

その証拠に、七海は僕が椅子からずり落ちたことを不思議そうに見て少し焦《あせ》っている。

周囲の反応もさっきとは少し変わっていた。

これはあれだ、七海がそういう言い回しを知らないってのと僕の心が穢《けが》れてしまっているということの相乗効果だ。

たぶん、周囲の人達《たち》も僕と同じく穢れている……と言ったら少し言い過ぎか。

あ、不思議そうにしている七海に音更さんが耳打ちしてる。

……七海の顔が一瞬《いっしゅん》でゆでだこになった。

漫画《まんが》でよくある、ボンッて爆発《ばくはつ》したような表現が似合う瞬間だった。音更さんはそんな七海を見て苦笑《くしょう》を浮かべていた。

周囲を見回した七海は、ちょっと涙目《なみだめ》になりそうだ。そして助けを求めるように、僕の方へとフラフラと移動してくる。

そのまま彼女は僕の服の裾《すそ》を掴む。仕方なかったよね、意味知らなかったんだもん。僕も周囲もそんな恥ずかしがる七海をどこか微笑ましい目で見て……。

「……そ、そっちの意味でも私は、わ……私はその……」

「七海ーー!!　ここ教室ーー!!」

そんな気持ちが全部吹《ふ》っ飛んだ。

七海が混乱したようにぐるぐるとして目で、プルプルと震えながら僕を見上げる。うっすらと瞳《ひとみ》には涙も見えた。

やばい、七海がキャパオーバーしてる。自爆《じばく》しまくってる。

思わず僕も間違《まちが》えたようなセリフを叫《さけ》んでしまう。このツッコミじゃないよね、二人きりならまるでそんなことを言ってるように聞こえる。

ただ周囲も動揺《どうよう》しているからか、僕のツッコミに反応はない。

周囲がザワザワとする中、とりあえず僕は七海を落ち着かせるために彼女を優しく撫《な》でる。まるで子犬を落ち着かせているような気持ちだ。

「はい、七海……ゆっくり深呼吸してねぇ……大丈夫《だいじょうぶ》だから……」

「あう……ありがとう……」

深呼吸するたびに、七海の顔からは赤みが徐々に消えていく。焦りから乱れていた呼吸も少しずつ正常になっていった。

周囲からは僕があんなにおっきな声を出すんだって点も意外だったようで驚かれていた。

確かに教室であんなにでかい声出したの初めてかも。

「……お前ら、さすがに教室では自粛《じしゅく》せーよ」

仁志からもツッコまれてしまって、七海も僕も身体を縮こませる。いやほんと、面目《めんぼく》ないです。周囲のみんなにも謝罪したよ。

いつもはもうちょっと、もうちょっと自粛しているんです。本当なんです。説得力ないかもしれないけどさ……。

「まぁ、その調子でおんぶ競争も頑張ってくれ。それ着て出たら盛り上がるだろうしさ」

「え？」

「え？」

思わず聞き返した僕に、仁志は首を傾《かし》げて返してくる。え、待って……僕は競技に出る時はクラスTシャツは着ないつもりだったんだけど……？

「いや、競技でも着ないで何の意味があるんだよ……」

心を読まれたようなその言葉に、僕は思わず七海に視線を移す。七海の表情も……不思議そうに僕を見ていた。

まるで「え？　着ないつもりだったの？」と言っているようなその表情だ。

周囲もみんな競技でも着るだろうという顔をしている。そうか、そういうものだったのか、全然そんな認識《にんしき》は無かった。

「えっと、陽信……わがまま言っていい？　それ着て一緒に競技出てほしいなぁ……」

……さっき言った手前、僕にそのお願いを拒否《きょひ》するという選択肢《せんたくし》は無かった。

こういうTシャツ着て競技に出るって、ますますバカップルみたいじゃないかなと言ったら……周囲からは今更《いまさら》だろと突《つ》っ込まれてしまった。

◇◇◇◇◇◇◇◇◇◇◇

とうとう、体育祭の当日となった。

今回は特に委員になったりとかはしなかったので、参加する競技だけ決めて準備は万端《ばんたん》。クラスTシャツもそろえて、一体感も上々だ。

うちの体育祭は二日にわたって開催《かいさい》されて、一日目は球技系、二日目が陸上系中心となっている。僕と七海が参加するおんぶ競争は二日目の開催だ。

まぁ、僕も七海も当然それ以外の競技……一日目の球技とかにも参加することになっているけどね。

七海は確かバレーボールに出るんだったかな。あと、明日の応援《おうえん》合戦にも出ることにしていた。チア衣装《いしょう》は着ないけど。

これについてはクラスのみんなからめちゃくちゃ悲しみの声……と言うか不満の声が上がったけど、これぱっかりは僕がノーを出させてもらった。

独占欲《どくせんよく》だーとか、幸せを分けろーとか言われたけどそんな抗議《こうぎ》の声は涼風《すずかぜ》同然。僕の心に何の痛痒《つうよう》も与《あた》えることは無かった。

だってチア衣装、すっごいスカート短かったし。

なんか見せてもいいパンツとかいう話だけどこればっかりは許可できない。許可したくない。見せてもいいとはいえ、それを見せるとかとんでもない話だ。

あとトップスの丈《たけ》も短めだからおへそもチラチラと……。よく許可下りたなとか思ったけど、これくらいは普通《ふつう》なんだろう。僕が過剰《かじょう》なだけだ。

しかしまぁ、クラスのみんなとそういう言い合いをするとは思ってなかったのでそれはそれで楽しかった。楽しかったけど拒否はした。

ちなみに、音更さん、神恵内さん、後静《しりしず》さんの三人はチア衣装を着るらしい。他にも何人かの女子がチア衣装を着ることを了承《りょうしょう》していた。

「……七海のチア衣装、見てみたかったけど」

そんなことを一人で呟いた。うん、正直に言うと、僕一人だったらきっとチアガール衣装を見てみたかった。単に衆目に晒《さら》したくないってだけで。

というか、音更さん、神恵内さんはいいんだろうか？　と思って聞いてみたらむしろ彼《かれ》氏《し》をやきもきさせたいし、写真見せたいしでチアガール衣装を着るんだとか。

これは総一郎《そういちろう》さん達《たち》は大変だなぁ……。僕だったら気が気じゃないよ。まぁ、この辺は付き合いの長い彼らだからできることなのかもしれない。

付き合いが長いと言えば……後静さんはどうなんだろうか？　弟子屈《てしかが》くんはチアガール

衣装の後静さんを見てどう思うのか……？

それとなく聞いてみたら……。

「タクちゃんはね、似合うと思うしやればいいじゃないって……。見られても平気なのって聞いたら……私が決めたなら別にいいんじゃないって……フフフ……」

怖《こわ》かった。凄《すご》い怖かった。笑顔が怖かった。ジト目が怖かった。なんかもう弟子屈くんは色々と大丈夫なのかって心配になってきた。

「我ながらね、めんどくさいとは自覚してるよ？　でもね、でも……こう、一言くらい止めてくれてもよくない？　仮にも前に告白したんだよ？　すぐ別れたけどさ？」

呪詛《じゅそ》のようなそんな言葉を発する後静さんに、僕も七海も……音更さん達もなんて声をかけたらいいのか分からなくなっていた。

恋人《こいびと》がいる僕等が言っても、慰《なぐさ》めになるどころか煽《あお》りになっちゃいそうだし……。

ちなみに僕は弟子屈くんから相談は受けてたりする。『師匠《ししょう》……俺、なんか琴葉《ことは》に言えばよかったですかね……？　こういうのが俺ダメなんですかね？』と。

弟子屈くんもまた、後静さんへの距離《きょり》感を掴んでいる最中なんだろう。師匠呼びは勘弁願いたいけど、相談はいつでも歓迎《かんげい》だ。

とりあえず、見られて嫌ならちゃんと伝えた方が良いよとは言っておいた。僕がアドバイスするなんてちょっとおこがましい気もするけど……。

そんなそれぞれの思惑《おもわく》が渦巻く応援合戦は、明日開催される。

僕としても七海がどんな応援をするのか、それを楽しみに今日の競技を頑張《がんば》ろう。そう思ってたんだけど……。

「……七海、遅《おそ》いなぁ」

僕は今、使われていない体育倉庫に一人ポツンといた。これから僕が参加するバスケの試合なんだけど……まぁ、まだ時間はあるから大丈夫かな？

色々あって、僕はバスケに参加することにした。

翔一先輩《しょういちせんぱい》と勝負した話が変に広まっていたからか、体育祭の競技決めの時に仁志に一緒に参加しないかと誘《さそ》われたのだ。

球技は正直苦手なんだけど、初めての友達からの誘い……というのと、球技に最低でも一種目は参加しなければならないので出ることにした。

一緒に練習とかもして、あんまりうまくないってことは分かってもらえたけど……。それでも、結構楽しかったりはしたし、ちょっと上達もできた気がする。

上達したのは翔一先輩が『水臭《みずくさ》いじゃないか!!』とか言って練習に付き合ってくれたのも大きいかもしれないけど。

その先輩と一回戦で当たるのは……とんでもない皮肉だ。

分かった瞬間にみんなしてバスケ部のいるチームに勝てるわけねーって言ってたけど、それでも一矢報《いっしむく》いてやろうぜってことで一致《いっち》はしている。

かなわないまでも投げ出さずに全力で挑《いど》む。それもそれでいい思い出になるだろう。だから精一杯《せいいっぱい》頑張るつもりだ。

その試合前に七海に呼ばれるって……どしたんだろ？

まだ時間的余裕はあるけど、七海はまだ来ていない。スマホに『ちょっとだけ待っててね』って連絡《れんらく》はきてるので忘れてはいないようだけど。

七海が僕を呼んで忘れるとかあったら……うん、普通に泣くかも。情けないけど。

それにしても、こうして七海に呼び出されて一人待つって、もしかして初めてのことだろうか？

告白された時も呼ばれて一緒に移動してたし、こないだの……バニーを見せてくれた時も一緒に移動だったもんな。

デートでわざと待ち合わせしたことは……あるか。それでも、割といつでもどこでも一緒で、こうして待つのはかなり少ない。

ちょっとだけ、何があるのかを楽しみにしている自分がいる。

それにしても、あれだけあった体育祭への謎の嫌悪感《けんお》がすっかりと鳴りを潜《ひそ》めているなぁ。我ながら現金というか、都合がいいというか。

まぁ、それもこれも七海やクラスメイトのおかげだったりするんだろう。僕も今のクラスなら、行事に参加してみたいと思っている。

これから先も色んな行事があるはずだし……。確か次の大きなイベントは修学旅行だっけ？　そういえば修学旅行ってどこに行くんだろ？

全然興味なかったし、一年の頃《ころ》はそもそも参加するかしないかで……両親とちょっともめたことを思い出した。

説得されて行くって形にしたけど、あの頃に説得してくれた両親には感謝しかない。こんどそれとなく感謝を伝えようか……。

考え事をしているところで急に呼ばれたので、僕は身体をビクリと震《ふる》わせた。

「簾舞《みすまい》ー、いるかー？　待たせたなー」

そこにいたのは七海じゃなくて、音更さん……音更さん達だ。

あれ？　七海は？

ぞろぞろと入ってきた女子達に僕は目を丸くするんだけど、彼女達は僕の方じゃなくて後ろの方を気にしながら倉庫に入ってきた。

どうしたんだろうかと首を傾げてると……そこで初めて僕は音更さん達がチアガールの服を着ていることに気が付いた。

明日の練習でもするんだろうか？　それとも、応援合戦とは別にその衣装で応援とかするのかな……とか思ってたら、最後に七海が入ってきた。

チアガール服の、七海が。

……え？

「えへへ……お待たせ、陽信」

僕が目を丸くしていると、七海は照れくさそうに僕に手を振《ふ》ってきた。手にはチアガール特有のポンポンを持っていて、それが七海の動きに合わせて揺れている。

音更さん達は七海が入ったのを確認するや否や「ごゆっくり～」とか言って出て行ってしまった。そして体育倉庫の扉《とびら》が閉められて、中で僕と七海が二人きりとなる。

僕が扉に近づいたら、外でなんか応援の練習をしている声が聞こえてきたので、僕はどういうことかと七海に視線を向ける。

「えっと、せっかくチア衣装とかあるしバスケとかみんなで応援しよかって話になって」

「あぁ、なるほど。それは確かにみんな喜ぶだろうね」

「私も陽信を応援したいなぁって言ったら……みんな協力してくれました」

七海は照れくさそうに笑っていた。

みんなの前でチア衣装を着たら僕が嫌がる、だけど七海は可愛《かわい》い服で僕を応援したい
……だから、試合前に個人的に応援すればいいいんじゃないとなったようだ。

チア衣装を着る人は着て、七海を目立たないように中央に隠《かく》して……ということらしい。

木を隠すなら森の中ならぬ、チアを隠すならチアの中……そのままか。

みんなが協力してくれたからできたことというのも感慨深《かんがいぶか》い。前みたいに僕がクラスに
なじんでなくて、音更さん達だけと交流していたらできないことだ。

いや、七海はみんなと友達だったからすんなりできてたか？　でも、僕が孤立《こりつ》している
ような状態だったら……協力はしてくれてなかったのかもしれない。

これはみんなにも、いつか恩返ししないとなぁ……。

僕としても、七海のチアガール服姿は見たいと思っていたから渡《わた》りに船だ。

そして体育倉庫で応援されるなら、僕以外の男子は誰《だれ》も七海のチアガール姿を見られない。

……僕のわがままを、七海が叶《かな》えてくれたわけだ。

「ど、どーかなー？」

恥ずかしさを誤魔化《ごまか》すためなのか、七海はどこか戯《おど》けるようにその両手を広げた。

七海のチアガール姿は……可愛かった。可愛くて、思わず言葉を失った。

プリーツスカートに、上はタンクトップっていうのかな？　袖《そで》がないトップスで、肩《かた》ひもの部分が太いランニングシャツのようにも見える。

髪型《かみがた》は後ろでまとめてポニーテールのようにしているけど、普段《ふだん》は着けないような大きな大きなリボンが特徴的《とくちょうてき》だった。

白を基調として、スッキリと青いラインで全体的にまとめられている爽《さわ》やかな印象のチアガール衣装だ。健康的ともいえるかもしれない。

ただ健康的とはいえ肩が見えているし、おへそも見えてるし……スカートはかなり短くてきわどい。可愛いけど、みんなの前に披露《ひろう》するには勇気がいりそうな衣装だ。

それを七海は見事に着こなしている。違和感《いわかん》がない。僕が彼女を可愛いと思っているからかもしれないけど。

「うん、可愛い。凄く似合ってる」

こういう時に、下手に誤魔化すようなことを言うのはダメだろう。素直《すなお》に可愛いと思ったのであれば、可愛いと伝えるべきだ。

七海は笑って。クルクルとその場で回る。スカートがふわりと広がって、回転が止まると同時にまたもとに戻《もど》る。

「ここなら、安心だよね？」

手にしたポンポンをフリフリと振りながら、七海は僕を応援するように手を動かしている。確かに、この場所なら七海が見られないって点では安心だ。

「うん、ありがとう七海。でも僕の変な独占欲のせいで……着たい服が着られなくなってるとかない？　窮屈《きゅうくつ》になってない？」

あまりに強い束縛《そくばく》は相手の負担になる。僕としては嫌なことは嫌と伝えるけど、それが七海の負担になっていたら本末転倒《ほんまつてんとう》だ。

あくまでも七海には自由に着たい服を着てもらいたい。その上で、心配なら心配と伝える……。話し合いは大事だから。

ほんの少しだけ七海は考《かんが》え込《こ》むようなそぶりを見せてから、適当な体育倉庫のマットの上に体育座《すわ》りをした。

スカートなのも構わず、その場に直接足を曲げて。その座り方ではスカートで下着を隠すということができずに、僕の視界には七海のその……下着が入ってくる。

「な……七海、見えてる……」

目を逸らすというのも失礼な気がして、僕はなるべく七海の顔を見つつ下着が見えてることを指摘《してき》した。だけど七海は気にするそぶりも見せない。

不思議に思っていると、七海はそのまま足を崩《くず》してしなを作り……僕に直接下着を見せるようなポーズを取る。

わざわざスカートをペラリとめくって、薄《うす》く、誘惑《ゆうわく》するように微笑《ほほえ》んだ。

「これ、アンダースコートだから大丈夫だよ？」

「そういう問題じゃないと思うんだけどなぁ……」

スカートの端《はし》を摘《つ》まんで、まるで蝶《ちょう》のようにヒラヒラと七海はそれを指先で遊ばせる。

アンダースコートが見えても特に気にした様子はない。

確か、テニスとかそういうので見えても問題ない感じで穿《は》くやつだよね？

でもね、見えてもいいと見せてもいいは違うと思うんだよ。不意に見えちゃったのと、今みたいに意図的に見せてるのでは。

こうして意図的に見せられると、ただの下着と大差ない。

複雑そうな僕の表情を見て楽しそうに笑《え》みを浮《う》かべる七海は、スカートから指を離してもポーズはそのままだ。

「不思議だよね、水着とかもおんなじ形なのに、普通の下着とかになったとたんに恥ずかしくなるんだもん。アンスコも、見られてもいいやつなのに陽信以外には見られるの嫌だなって思ったりするよ」

再びスカートの端をペロンとめくって、七海はどこか神妙《しんみょう》な表情を浮かべる。

行動と表情が合ってない……とはいえ、言っていることは僕もそう思う。水着だと大丈夫で、下着だと恥ずかしいってのはよく聞く話だ。

見えている面積は同じなのに……。

「たぶんね、これって私の気持ちの問題だと思うの。普段《ふだん》隠《かく》れてる下着は恥ずかしい、だけど見せてもいいやつなら同じようなもので大丈夫……」

あくまでも当人の気持ちが大事。なるほど、確かにそうなのかもしれない。もとからそういうものであれば恥ずかしくないっていう心理。

下着と水着で隠す面積は同じなのに……とはいっても両者は似て非なるもの。似てはいるけど、違うものだから感じ方も違うのは当然だ。

「だからほら、アンスコは平気だけどこれ脱いで下着見せるのはさすがに恥ずかしいんだよね。あ、見たい？　見る？」

「見たいけど、学校だし遠慮しておくよ」

「え～？　ざんねんだなぁ～？」

七海も本気で見せようとは思っておらず、あくまでも軽口として言っているから僕《ぼく》もそれに従った言葉を返す。予定調和のやり取りだ。

断っても七海は不快そうな表情はしておらず、楽しそうに笑いながらスカートを戻す。

……本気じゃないよね？　とちょっと心配にはなるけど、たぶんほんのちょっと赤くなってるから本気じゃないとは思う。照れてるなぁ。

僕が断ったから……と言うわけじゃないだろうけど、七海はゆっくりとその場で立ち上がった。勢いをつけたからかスカートがふわりと翻《ひるがえ》る。

ふわりと翻ったそのスカートを見て、なんだかファンタジーの妖精《ようせい》の羽みたいだなとかそんな似つかわしくないイメージを思《おも》い浮かべた。

体育倉庫に妖精とかミスマッチもいいところである。

七海はスカートの端を摘まんでペラリとめくると、またアンダースコートを僕に見せてくる。ただ流石《さすが》に立っては恥ずかしかったのかそれも一瞬だった。

見せてもいい下着とはいえ、その仕草は身体に悪い。そんな僕の焦りを感じ取ったのか、七海は無邪気《むじゃき》に笑う。

「陽信の心配も、このアンスコみたいなもんじゃない？」

「待って、どういうこと？　理解が追い付かないからもうちょっと噛《か》み砕《くだ》いてもらってもいいかな？」

あるいは、話題のスピードについていけないからもう少し速度を落としてといったところだろうか。急旋回《きゅうせんかい》すぎる話題の転換《てんかん》だ。

「私の感じ方次第《しだい》……気の持ちようってことだよ。陽信が独占欲だと思ってるのを私は特に窮屈に感じてないってこと。だから、平気」

逆に私の束縛を、陽信が窮屈だったり、重たく感じたりしてないかが心配かなぁと七海はその場でくるりと回りながら呟《つぶや》いた。

確かに七海の発言はたまに……たまにこうヤンデレっぽく感じることはあるけど、そこまで重たいとか窮屈には感じていない。

というかまぁ、気持ちの重たさは愛の重たさというか。

筋肉を鍛《きた》えるのにも適切な負荷《ふか》……重さが必要だ。だからきっと、愛情の重たさはその分気持ちのトレーニングになったりするんじゃないだろうか。

それが適切なら心地《ここち》よく、負荷が強すぎると痛みを感じたり身体が壊《こわ》れたりする。きっと今の僕への負荷は適切な重さだ。

「僕は七海の重さは、全然負担に感じてないよ。むしろ心地いいくらいだ」

「えっと……そこは全然重くないよとか言う場面じゃないの……？」

「愛情の筋トレには適切な負荷なんだなぁと」

「愛情の筋トレッ?!」

とっさに出てきた変な単語にツッコミが入った。でもなんかしっくりくるんだよね。愛情も筋肉みたいになっちゃったけど。

「なにそれ、面白《おもしろ》いけど……じゃあ私も陽信の愛情で筋トレしてるってこと……?」

僕の説明で七海はちょっと困惑《こんわく》しながらも、どこか楽しそうに力こぶを作る。

僕としては七海が僕の重さで潰《つぶ》れないならそれでいいんだけどね。

「じゃああれだね、陽信……耐《た》えられない重さになったらちゃんと言ってね? これから気持ちはどんどん強くなっていくだろうし……」

「それは僕も同じだよ。これからどんどんどんどん七海は……その、可愛くなるだろうから。心配の種は尽きないし、僕の気持ちも強くなるから……」

「うん。私も陽信の気持ちが重すぎたり、ちょっと……って思ったらハッキリ言うね。だから陽信も……」

「僕もちゃんと七海に言うよ。その、気持ちが重かったりとか束縛がってなったら」

なんだか変な宣言をお互《たが》いにして、思わず笑いあう。こんなことを言い合う恋人同士って果たしてどれだけいるんだろうか?

ちょっと変かもしれないけど、これが僕と七海の関係ということで。

「そういえばさ、私応援してないよね」

「あっ……」

「こんなカッコまでしたのに、やったのって……アンスコ見せただけ？」

「待って、その言い方は誤解を生む」

僕が手を伸《の》ばすと、七海は楽しそうにスカートを摘まんだ。今度はさすがにめくってアンスコを見せることはしないけど、さっきのことを思い出して僕は赤面する。

でもまぁ、第三者から見たら誤解でもないのがつらいところ。ここに二人っきりでよかったよほんと。いや、二人じゃないとできてないけど。

確かに話をしてばかりで……と言うかアンスコの話とかばかりで肝心《かんじん》の応援を僕はされていないけどさ。

せっかくチアガールの衣装を着ているのに、しているのはいつも通りの……いや、いつもとは違う話もあったけど、それだけというのは確かに寂《さび》しい。

「それじゃ、今から陽信の応援するね」

気分を変えるように七海はその場でぴょんっと軽く跳んで、ポーズを決める。チアガールを専門にしている人と比べても見劣《みおと》りしない立ち姿だ。

いやまぁ、僕はあんまりチアガールとか詳《くわ》しくないけどさ。

観客が僕一人の中で、七海はポンポンを手にして軽くステップを踏《ふ》む。踊《おど》るように……と言うか実際には踊りなんだろうけど、練習してたであろう動きを僕に披露する。

最初は思い出しながらなのか動きを小さく、だけどそれが徐々に大きなものになっていく。音楽が無いのに、音が聞こえてきそうな動きだ。

ポンポンの動きや、翻るスカートが動きをダイナミックに見せる。だからヒラヒラしたスカートとかでやるんだろうか？

腕《うで》の動きに合わせるようにして足を高く上げて、僕に対してエールを送る。その美しいともいえる姿に、僕の目は釘付《くぎづ》けとなった。

不意に踊っている七海と、僕の目が合った。

それから、七海の動きが徐々にだけど小さくなっていく。大きな動きがまるで穴の開いた風船のようにしぼんでいった。

あれ？　どしたんだろ？

さっきの逆再生みたいに動きは小さくなっていって、とうとう止まってしまった。

動きを止めた七海はその場でしゃがみ込む。先ほどまで大きな動きで僕を魅了《みりょう》していた姿が嘘《うそ》のように、小さく身体を縮ませた七海は手にしたポンポンで顔を隠す。

そして僕をチラッと見て……ポツリと呟いた。

「……二人きりだと、これすっごい恥ずかしい」

あ、なるほど？

僕としては可愛いなと思って見ていたけど、七海としては一人で踊っていたから我に返ったら恥ずかしさがこみ上げてきちゃったのか。

本来はこんなマンツーマンでやるようなものじゃないもんね、応援って。大勢を大勢が応援するものだよね。七海が恥ずかしがるのも無理はない。

「ごめん～……陽信～……うぅ……意識したらすっごい恥ずかしく……」

「大丈夫、大丈夫！　大丈夫だから落ち着いて～」

ポンポンを手にしたまま、涙目の七海は手を伸ばしてフラフラと僕に近づいてきた。まるで迷子になった子供が親と再会したような仕草だ。

じゃあと言わんばかりに僕は大きく手を広げ、七海を迎《むか》え入れる。

吸《す》い込まれるように僕の胸の中に入ってきた七海は、ポンポンを手にしたままで僕の背に手を回す。今まで触《ふ》れたことのない感触《かんしょく》に、背筋が少しだけゾクッとする。

恋人同士の抱擁《ほうよう》……というよりは恥ずかしがった子供をあやすような抱擁になってしまったけど、僕はそのまま七海の背中をトントンと叩《たた》く。

そんな状態だけど、七海は僕に頑張《がんば》ってねと言うことは忘れていなかった。ただ、抱《だ》き合った状態でそう言われると先日のことを思い出してしまって……。

僕は変な気持ちになりそうだったので、顔を上げてその衝動《しょうどう》を堪《こら》えようとする。その時……ちょうど体育倉庫の入り口が視界に入った。

ほんのちょっとだけ、隙間《すきま》の開いている入り口だ。

「……あれ？」

「ん、どしたの陽信？」

思わず疑問符《ぎもんふ》を浮かべて口にしてしまったけど、さっきまで確か……確か入り口ってちゃんと閉まってたよね？

あんな不自然な隙間とか開いてなかったはずだし、そもそも……なんで隙間が開いてるのに向こうからの光が一切《いっさい》入ってきていないんだ？

一度気づいてしまったらもう駄目《だめ》で、これはきっとそういうことなんだろうなと……僕は一人理解してしまっていた。

むしろ、その可能性に至らなかった自分を恥じた。

七海は入り口を背にしているから気づいていないだろうし、きっと現状を知らないだろう。

僕はゆっくりと、ゆっくりと七海を抱きしめたまま移動する。移動する先は体育倉庫の入り口付近……隙間からの死角だ。

ちょうどマットがあるので、そこにしてもいいかもしれない。

抱きしめたままの移動に七海はちょっとだけ困惑しているようだけど、今はちょっとだけ待ってね、すぐだからと言うとコクリと頷《うなず》いて彼女《かのじょ》は沈黙《ちんもく》する。

こうしてみると明らかだ。隙間からこちらに漏《も》れ入る光はないけど、何かしらの影《かげ》はうごいているのが視認《しにん》できる。

隙間の大きさが一定じゃなく、時折ほんの少し大きくなったり、小さくなったり……。

決定的なのは光とは違う、むしろ光を反射している何かの存在。そう、僕はみんなで移動してきた時にその可能性に思い至るべきだったんだ。

年頃《としごろ》の女子生徒が、付き合っている男女の逢瀬《おうせ》に興味を持たないわけがないと。

ゆっくりと入り口からの死角に移動した僕は、そのまま勢いよく体育倉庫の入り口を開けた。引き戸になっているから、思いっきり引くだけでいい。

引いた扉の向こうには、さっき七海を連れてきたみんなが揃《そろ》っていた。

みんな揃って、ドアの隙間だった場所に自身の目を覗《のぞ》き入れていた。扉が万が一にも開かないように体重をかけていなかったから、バランスを崩すようなことはなかったようだ。

万が一に備えてマットを敷《し》いてたけど、どうやら杞憂《きゆう》だったらしい。

扉が開いたことを認識した瞬間《しゅんかん》、みんな蜘蛛《くも》の子を散らすように逃《に》げるかと思ってたけど以外にもみんなそこに留《とど》まっている。

もしかしたら、驚《おどろ》いて固まってるだけなのかもしれないけど。

「……みんな何してるの？」

僕から離《はな》れた七海はゆらりと、まるで幽鬼《ゆうき》のように音もなく移動をすると女子達を視線で射貫《いぬ》く。七海の視線を受けた女子は身体を小さく身震《みぶる》いさせていた。

「七海、これはな……そのな、落ち着け」

「彼氏と二人きりになった時の参考にしよっかなって～」

「色々後学のために」

音更さんは申し訳なさそうだけど、神恵内さんと後静さんはどこか堂々として胸を張っていた。というか、なんで君らも見てるの。

改めて他の女子達を見ると、組体操……というかプラモみたいになってるな。互いが互いを支え合って絶妙《ぜつみょう》なバランスを保っているようだ。

扉に体重かけずにこのバランスを維持《いじ》していたのは奇跡《きせき》みたいな話だけど、バランスってのはちょっとしたきっかけで崩れてしまうわけでして……。

「い、今すぐ散りなさい‼　解散‼」

怒《おこ》る七海のその声がきっかけのように、覗いていた女子達は逃げられずにその場で崩れてしまっていた。

◇◇◇◇◇◇◇◇◇◇

「まったく‼　みんなして全くもうっ‼」

プリプリと怒る七海をなだめながら、僕は七海とお昼を食べていた。

チアガール服から体操服姿に着替《きが》えた七海は、僕が作ったおにぎりを手に取り口に運ぶ。

僕が握《にぎ》ったものを七海が食べてるって……ちょっと不思議な感覚だ。

今日は体育祭ということで、なんとなく定番メニューのお弁当だ。おにぎり、卵焼き、ウィンナー、から揚《あ》げ。

あんまり品数が多くても僕は作れないので、僕の担当はこの四品。七海はミートボール、ポテトサラダ、アスパラベーコンの三品を作ってきてくれた。

「うん、美味《おい》しい。陽信、料理上手《うま》くなったねぇ。バイトの成果？」

「いや、バイトでは作ってないからね……」

僕が作ったから揚げを食べて、七海が顔を綻《ほころ》ばせる。うまく作れたようで安心だ。お弁当交換《こうかん》とかはやってたけど、こうやって持ち寄るのは初めてだから。

僕も七海の作ってくれたミートボールを口にする。冷凍《れいとう》のミートボールはたまに食べるけど、手作りのミートボールとかほとんど食べたことないかも。

甘辛《あまから》いタレの味と噛《か》みしめるたびに肉汁《にくじゅう》が口の中に広がっていく。肉の中に入っているシャキシャキとした野菜の歯触《はざわ》りも凄く楽しい。

何だろこの野菜？　ピーマンとか玉ねぎとかとも違《ちが》う食感《しょっかん》……。

「レンコン？」

「あ、よく分かったね。少し大きめに切ったレンコン入れてるんだ」

「へぇ、レンコンなんて久しぶりに食べたな。こうして食べるのもいいね」

「これも食べてみてよ。アスパラベーコンだよー」

七海が箸《はし》でつまんだアスパラベーコンを僕にさしだしてくる。久しぶりの……とても久しぶりの『あーん』である。

ここ最近は学校での噂《うわさ》とかキス騒動《そうどう》とかもあったので、あーんすることも減ってたんだよね。余計な話になりそうだしってことで。

それが体育祭にきて解禁ということなのだろうか。それともなんかのご褒美《ほうび》？

「陽信、バスケ頑張ったからご褒美」

心を読んだように七海は僕の疑問に対しての答えをくれた。なるほど、頑張ったからそれに対する対価があーんということか。

「でも、負けちゃったよ？」

当然と言えば当然だけど、僕達のチームは初回から翔一先輩のいるチームに当たって、残念ながら敗北してしまったのだ。

先輩は僕と対決できるってのを喜んでくれてたけど、僕としてはやる前からかなり絶望的な気分ではあった。

七海の応援が無かったら、耐えられてなかっただろうなぁ。

もしかしたら僕はこの、経験者と素人《しろうと》が一緒《いっしょ》くたに戦ってぼこぼこにやられるってのが嫌《いや》で体育祭に忌避《きひ》感を持っていたのかもしれない。

「いーの。ちゃんと陽信もシュート決めてたでしょ？」

「まぁ、そうだけど……」

意外なことだったけど、素人の僕が入ったチームと先輩のような経験者のいるチームだと一方的にボコボコに……具体的にはシュート一本も入らないんじゃないかと思ってた。

だけどそこそこシュートは打てたし、何だったら僕も一本だけ決められた。

それに何よりも……。

『負けるだろーけど、全力で楽しんでいこーぜ!!』

そんなことを言って先頭を走る仁志がとても楽しそうで、僕もそれに引っ張られる形でなんだかんだと楽しかった。

そう、楽しかったんだよね。団体競技が。覚えている限りでは早く終わんないかなとかしか思ってなかっただろうに。

そういう意味でも、体育祭に参加してよかったと思う。

「ねぇ、陽信……恥《は》ずかしいから早く食べて……」

「あ、ごめんごめん。じゃあいただくよ」

感慨《かんがい》にふけってしまって、せっかくの七海に差し出されたアスパラベーコンを口にしていなかった。せっかくのご褒美だし受けないと。

そして僕が彼女の箸に口を付けようとした瞬間だった。

「陽信ここかー？　一緒に飯食わね……って……あらお邪魔《じゃま》した？」

噂をすれば影が差すという諺《ことわざ》があるけれども、噂をしてなくても考えてたら仁志が来た。

僕等が食事をしているところに。

別にまぁ隠れていたわけじゃなくて、いつもの屋上だから誰でも来れるんだけどね。

とりあえず僕は仁志にチラリと視線を送って小さく頷いてから、差し出された七海のアスパラベーコンを口に入れた。

無視したわけじゃなく、優先順位を付けただけだ。

あ、美味しい。ベーコンの塩気とアスパラの甘味《あまみ》と食感、気づかなかったけど人参《にんじん》も入ってるのか。そしてバター醤油《じょうゆ》で炒《いた》められてるみたいだ。

バター醤油は米が進むよねぇ……。僕は思わず何かを言う前におにぎりを頬張《ほおば》った。

「うん、美味しい。最高だねこれ」

「ほんと？　よかったぁ。初めて作ってみたんだよね」

「うん、美味しい美味しい。バター醤油味のアスパラベーコンって初めて食べたかも。だいたいそのまま焼いてるのが多い気がするよ」

味の感想を言い合って、それから仁志に改めて視線を向けた。

「えっと……一緒に飯だっけ？」

「おまえマジで凄いな。あの場面で躊躇《ためら》わずにあーんを続行するやつ初めて見たよ」

「どんだけこういう場面に遭遇《そうぐう》してるのさ……」

ものすごい泣きそうな顔で聞くなと言われてしまった。冗談《じょうだん》で言ったんだけど、どうやら彼《かれ》はこういう時の間が悪いらしい。

「まぁ、単純に体育祭だしみんなで飯食わね？　ってなってさ。二人がいつの間にかいなくなってたから、どうかなって呼びに来たんだけど……」

なるほど、お祭り的なイベントだとそういうこともあるのか。クラスのみんなとの交流という意味ではありなのかもしれない。

みんなでお昼を食べるとか……うわ、それこそいつ以来なんだろうか？　学校祭の時の試食はまた別だろうし、あの時はお昼も七海と食べてたし……。

いや、後静さん達《たち》もいたけどね。でも本当に……本当にクラスの人と食べるとか最後にしたのは記憶《きおく》にないくらい昔じゃないだろうか？

正直に言うと、興味はある。ただなぁ、七海と二人でいたいっていうのも偽《いつわ》らざる本音ではあるんだけど。

悩《なや》ましい……。悩ましいことは、七海と相談かな。

「正直、僕としてはみんなで食べるのってどんなのか興味があるんだけど……七海はどう？」

そんなことを聞いたら、七海にポカンとされてしまった。

あれ？　なんか変なことを聞いたかな？　七海はちょっとだけ考えるようにして首を傾《かし》げる。それからまた、お弁当の中のおかずを一つ摘まんで僕にさしだす。

それを僕はぱくりと食べて咀嚼《そしやく》する。その一呼吸を置いてから、七海は僕に確認《かくにん》するように口を開く。

「えっと……興味ってどういう……？」

「えっと、なんていえば良いのかな」

少しだけ困惑した表情の七海の言葉を受けて、僕は腕を組み少し考え込む。興味というのは単純な意味で、過去にしたことがないからだ。

改めて記憶をたどるんだけど、ハッキリとは思い出せない。もしかしたら、小学校の時とかはやっていたのかもしれないけれど覚えてない。

ただ少なくとも、中学の時はやってない。一年の時も……。やってないなぁ。

僕が答えられずに腕を組んだままで唸《うな》っていると、七海がどこか心配そうにのぞき込んできた。ちょっと気まずいので笑ってごまかしたら……。

なんか七海に抱きしめられた。あれー？　なんで？

「いや、七海……別にこう、抱きしめられるようなものでもないんだけど……」

「だって興味あるってことは、したことないのが寂しかったんじゃないの？」

そうなんだろうか？　僕は寂しかったのか……？　いや、そういうわけじゃないような気がする。これは単純な興味だ。

友達とお昼を食べるってのはどんな感覚なのかなってのを、僕は伝聞でしか知らないから……体験してみたいんだろう。

それを伝えたら、なんか七海にさらに悲しそうな顔をされてしまった。

「うん、みんなで食べよう！　わいわい楽しく食べよう！　思い出いっぱい作ろう！」

よしよしと頭を撫《な》でられていると、何事かと周囲がざわめく。注目を集めてしまっていて恥ずかしいんだけど、七海は僕を放してはくれなかった。

まるで子供をあやすように七海は僕を撫で繰《く》り回す。二人きりの時にはされたことあったけど、学校でやられるのは初めてだろうな。

「というわけで、大丈夫《だいじょうぶ》だよ」

「すげえ体勢でOKしてきたな」

七海に抱きしめられたままで、僕は首だけを仁志に向ける。彼は呆《あき》れたことを隠そうともしない視線を僕等に投げてきた。

仕方ないじゃない無理に引きはがすわけにもいかないんだし。

「割と空気を読まないことに定評のある俺《おれ》だが、ほんとにいいのか？」

なにその定評。でも何となく分かる。重い空気の時にそれを吹《ふ》き飛ばすようなイメージが彼にはあるからだ。

七海は僕を放す気は無い様で、僕と仁志が真面目な顔を突《つ》き合わせているのにも構わず色んな方法で僕を撫でている。

なんかされるがままだな、僕。

「呼びに来といてなんだが……実は一個だけ……嘘をついた」

彼にしては珍《めずら》しく……そう長い付き合いでもないけど……珍しくどこか言いよどみながらチラチラとどこかに視線を送っている。

そっちには僕は視線を送ることはできない。できないんだけど……。

「実はその……もうみんないるんだわ」

「へ？」

「え？」

その声が合図であるかのように、僕等の周囲に人が集まる。音更さん達いつものメンバーに加え、後静さんに弟子屈くん、後は見覚えのあるクラスメイト達だ。

僕等の様子を見て、ある人は呆れながら、ある人は照れながら、それぞれが適当な場所に座ってお昼の準備を始めていた。

七海はと言うと……。

「あ……あぅ……」

僕を撫でる手をそのままに、固まってしまっていた。いや、ステージ上でキスまでしといてこれには照れるのかいとツッコみたくなるが、気分の問題なのだろう。

あの時は気分が高揚《こうよう》してたから……。今は完全に油断してたからなぁ。

一人なら見られても大丈夫だけど、みんなだとキャパオーバーなんだろうな。

「いやぁ、七海……すごいね……イチャつきがすごい……」

女子生徒がそれを口にすると、電池が切れたように動かなかった七海は即座《そくざ》に動いた。手を放したかと思ったら、すぐに僕の後ろに隠れる。

まるで悪戯《いたずら》が見つかった女の子みたいだ。そんな七海の反応が新鮮《しんせん》だったのか、女子達は割とキャアキャアとはしゃいでいる。

「……勘弁《かんべん》してあげてね」

僕が後ろの七海を庇《かば》うように両手を上げると、さらに女子達ははしゃいでいた。いや、そんなはしゃぐ要素は無かったと思うんだけど……？

七海がちょっとだけ顔を出したので、僕は落ち着けるように彼女の頬を少しだけ撫でた。目を細めた七海はどこか気持ちよさそうだ。

「いいから食べよーぜー。あー、腹減ったー」

そんな空気を壊すように、仁志は弁当を広げている。弁当以外にも購買《こうばい》で買ってきたのか調理パンとか菓子《かし》パンも並んでる……。食べるなぁ。

みんなもそれぞれが手を合わせている。なるほど、みんなで食事をするというのはそれぞれが何を食べるのかを見られるということか、これはこれで勉強になる。

それから僕と七海も食事を再開する。食事をしながら色々な話をした。僕は基本的にあまり話すのが得意な方じゃないけど、それでも会話は途切《とぎ》れなかった。

音更さんと神恵内さんがチアガール姿を彼氏《かれし》に見せた話、弟子屈くんが真面目に参加して驚かれた話、後静さんがそんな弟子屈くんを応援《おうえん》した話……。

僕が喋《しゃべ》ったことのないクラスメイトからも、バスケの試合を応援してくれたらしく褒《ほ》められてしまった。なんか照れくさい。

仁志なんかは試合終わってから翔一先輩《せんぱい》にバスケ部に誘《さそ》われてたもんね……。すごい困惑してたけど……。あの人、二年だろうと何だろうと誘うからなぁ。

そうして各々《おのおの》で世間話が飛び交《か》う中、僕と七海に静かに近づく影《かげ》が二つ。小柄《こがら》な影から女子だというのが分かった。

視線を向けると……話をしたことのない女子生徒さんが二人、僕等の近くにちょこんと座っていた。さっきまでいなかった二人で、いつの間に来たんだろうか？

この二人も一緒にお弁当を食べるのかなとか思ったんだけど、どうもそうではないように見える。お弁当は広げていなかったからだ。

なんだかもじもじと、僕に視線を送ったり外したりと落ち着かない様子だ。いやこれは僕じゃなくて七海を見てるんだろうか？

なんだかその様子に既視感《きしかん》を覚える。この二人に見覚えがある気すらしてくる。

……いや、実際に会ったことあるのか？

どこで会ったのか思い出せずに黙《だま》っていると、向こうはまっすぐに僕を……七海じゃなくて僕を見て、そのまま頭を下げてきた。

「ごめんなさい」

いきなり謝《あやま》られた。

え？　僕が謝るんじゃなくて謝られる方なの？　何かされたっけ……いや、別に彼女達に明確に何かされたって記憶はないぞ。

周囲はそれぞれの会話に夢中で、彼女達が謝っていることには気づいていないように見える。注目されないように、声のトーンも落としてるのも関係しているかも。

「えっと、いやその、別に謝られるようなことは……何もないと思うんだけど？」

僕が困惑してると、二人ともゆっくりと顔を上げた。

一人はウェーブのかかった金髪《きんぱつ》をポニーテールにしている、日焼けした肌《はだ》が健康的な少し垂れ目な女子。

もう一人は肩《かた》までのミディアムヘアで黒髪《くろかみ》。髪《かみ》にはヘアバンドをしている少しだけツリ目の女子。

見た目はなんだか対照的な二人が、揃って今は少しだけ眉《まゆ》を下げていた。

「その……あたしら二人が付き合い始めた頃《ころ》にその……」

「七海に簾舞のこと悪く言っちゃって……」

「そのことずっとモヤモヤしてて、謝りたくてさ……」

「あれから二人見てたら、馬鹿なこと言ったなぁって。その、ごめんなさい……」

改めて二人は静かに頭を下げる。僕としてはそれにピンと来てなかった。

七海に僕のことを悪く……？　首を傾げると、七海も一緒になって首を傾げた。しばらく考えて、僕はその時のことを思い出した。

あぁ、本当に付き合い始めて一週間くらい経《た》った頃のあれか。

「あぁ、そんなこともあったねぇ」

七海も思い出したのか、ポンと手を打った。いささか古風なリアクションだけど、どこかそのリアクションが彼女に似合っていた。

「早いものだねぇ、あれからもうどれくらい経つんだろ？」

「んー……陽信とはもっとずっと一緒にいる気がするけど、まだ一年経ってないんだもんねぇ。不思議だー」

僕等の反応を見て、二人ともポカンとしていた。いや、そこまで驚かれることじゃないんだけどね。

「わざわざ謝りに来てくれて、ありがとう」

個人的にはまったく気にしていなかったことだけど、それでもこうやって謝りに来るって……とても勇気のいることだと思う。

わざわざ周囲には騒《さわ》がれないように声も落として……その点も非常にありがたかった。だからまぁ、僕も七海も大して気にしてないってことを伝えないとね。

「いやいや、急に僕と七海が付き合いだしたら変に思うのも仕方ないよ。全然気にしてないから、そっちも気にしないでよ」

「そうそう。私もあの時は熱くなっちゃってごめんねぇ」

七海の言葉に、二人とも何かを思い出してポッと頬を染める。

なにその反応……？　あの時の七海って何を言って……あ、僕のことを誤解させるような感じで褒めてたんだっけ？

これはちょっと、誤解を解いておくいい機会かもしれない。

「ちなみにあの時に七海が言ってたのは僕の腹筋とか筋肉の話で、変な話ではないからその辺は誤解しないでおいてね？」

僕の方をチラチラと見ていた二人に告げると、二人はますます頬を染めてしまう。あれ？誤解しないでって言ったのになぜ……？

「……つ、付き合って一週間でもう裸《はだか》見せてたってこと……？」

ごめん、それは初日に見せてました。

あーでもこれダメかもね。下手なことを言うとさらに誤解させてしまうやつかもしれない。なので、僕も七海も詳細《しょうさい》は笑って誤魔化《ごまか》すことにした。

「たまたま、たまたま上半身だけね」

「そ、そうなんだ……。え？　そうなんだ？　どんな状況《じょうきょう》？」

なんか混乱させてしまったようだけど、とりあえずこれ以上の説明はしないでおこう。言えば言うほど誤解されそうだし藪蛇《やぶへび》になりそうだ。

「ともあれ、二人とももう気にしないでね。変な言い方だけど、許すからさ」

ちょっと上からっぽくも聞こえてしまうかなと思うけど、謝られたんだから許すと明確に意思表示するのはきっと大事なことだ。

それがここ最近、僕が学んだことの一つでもある。その証拠《しょうこ》に、二人とも安心したようにホッと息を吐《つ》いている。

「よかった……。もうすぐ修学旅行だし、モヤモヤした気分で行きたくなかったからさ。もしかしたら、グループ一緒になるかもだし……」

「今日のバスケも……その、二人で応援してたよ。先日の学校祭も凄《すご》かったし。七海の前であんま褒めるのも悪いかもだけど」

「カッコよかったって……言っていいの七海？」

確かに、僕《ぼく》が他の誰《だれ》かに褒められるのは七海はどう感じるのかな。嫌じゃなければいいんだけど……と思ってたんだけど。

僕の後ろに隠《かく》れてた七海が、なんかすごいドヤ顔してる。

二人も顔を出してドヤ顔してる七海を見て困惑してるなぁ。この二人の言葉を聞いた時に感じてた少しの劣等感《れっとうかん》は何だったんだろうか？

「七海は他の女子に僕が褒められても、嫌じゃないんだ？」

「そりゃ、けなされるよりは褒められた方がいいよ。陽信がちゃんと評価されるのは嬉《うれ》しいし……それにさ」

「それに？」

「たとえ陽信は他の女子に褒められても、私だけを好きでしょ？」

一片《いっぺん》の疑いを含《ふく》むことも無く、揺《ゆ》るがない事実をただ指摘《してき》するように、確信を持ったその一言を受けて僕は即答《そくとう》していた。

「そりゃそうだよ」

「じゃあ問題ないよ」

「でも僕は七海が可愛《かわい》いとか誰かに褒められるのは、ちょっとモヤる」

「もーう、大丈夫だよ。誰かに褒められても私が好きなのは陽信だけ」

僕の心の狭《せま》さを許容するように七海は隠れていた身体を出して僕の横に腰《こし》を下ろして、そのままギュッとくっついてきた。

まるで目の前に二人の女子がいないかのような振《ふ》る舞《ま》いだったんだけど、いたことを思い出すとほんのちょっとだけ赤面させた。

二人とも「……すげぇあめぇ」とか「浮気《うわき》しそうもない彼氏羨《かれしうらや》ましい」とか小声で言っている。丸聞こえだ。

その変な空気を変えたくて、僕も半ば無理やりに話題を変える。

「そういえばもうすぐ修学旅行だっけ。どこ行くんだろ？」

「え？　陽信知らないの……？　なんで……？」

信じられないものを見るように七海が僕に視線を送る。

ごめんなさい、学校行事にあんまり興味が無かったからです。なんなら修学旅行も一人だったらサボるつもりでしたから。

僕と七海は一緒の班になりたいなと思いつつ、来てくれた女子二人に視線を向けて軽く頭を下げた。

「もしも一緒の班になったら、よろしくね」

「あ、うん……こちらこそ」

女子達も僕に頭を下げて、お互いに顔を見合わせて笑いあっていた。うん、これで変な因縁《いんねん》っぽいものも解消されたかな。確かに修学旅行前だもん、モヤモヤしたくないよね。

少しは打ち解けてくれたのか、女子二人とも僕等とそれからしばらく談笑《だんしょう》する。主に僕は、僕の知らなかった頃の七海の話を聞けたので大満足だ。

そんな中、日焼けしたほうの女子が僕に疑問を投げかける。

「それにしてもさ、学校祭に体育祭と簾舞……割と注目されてきてるから気を付けた方が良いよ。世の中変なやつはいっぱいいるから」

「そうそう、うちらみたいに陰で言うやつとか……他人のものを欲《ほ》しがるやつとか……相手がいても構わないやつとか、ろくでもないやつがいるからさぁ」

それを自分達で言っちゃうのはどうなんだろうと思いつつ、確かに僕の周囲の環境《かんきょう》が変われればそれだけ危険も増えるよね。

今まで狭い世界で生きていた僕が、世界を広げるとなるとそれはどうしても避《さ》けられないのかもしれない。

ただまぁ……。それでも七海に対する危険は僕が防ぐし、二人でやっていけばきっと大丈夫だろう。そうできるように努力していこう……。

「陽信は私が守るからねっ！」

「じゃあ僕は七海を守るよ」

微笑《ほほえ》み合う僕に対して、どちらからともなく感心したような声が聞こえてきた。それは目の前の二人だけじゃなく、周囲からの言葉でもあった。

「ほんと……お似合いの二人なんだね」

そう言われるのは、とても嬉しい。釣《つ》り合わないとか言われていたころから、僕等も少しは成長できたってのを実感する。

まぁ、もともとそこを解消するように努力してきたから、その努力が実ったと思っておこう。

今は七海と、みんなと一緒のこの時間を楽しもうか。

「僕、こんな大人数で食べるの初めてだけど……こういうのも楽しいね」

ポロリと零《こぼ》れた僕の言葉を受けて、なんだかみんながすごく優《やさ》しい目になった気がしたんだけど……気のせいかな？

幕間　おんぶとだっこ

一日目の体育祭も無事に終わって、体育祭も二日目に入った。

昨日は陽信《ようしん》の応援をしたり、一緒にお弁当を食べたり、私の応援もされたりと楽しかったなぁ。あんなに楽しい体育祭も初めてかもしれない。

あんなに嫌がってた体育祭を陽信も楽しめてたみたいだし、嬉しいな。

やっぱりチアガールの応援が……応援って言っていいのかは別として、効いたのかな？

……まさかみんなが覗いてるとは思わなかったけど。

思い出したらちょっと……うん、かなり恥ずかしさと怒《いか》りがこみ上げてきた。いやだって、その時の私の気持ちとか色々返してよと。

陽信に、午後のバレーで応援されたからいいけどさ。まさか彼があんなに大きな声で私を応援してくれるって思ってなかったなぁ。

私が陽信を応援することは多かったけど、私が応援されるってあんまりないもんね。

単純に陽信が頑張る場面が多かっただけだけど……。先輩《せんぱい》との勝負とか、補習とか、バイトとか……。

あ、私もバイトの時は言われたかな？

初めて頑張ってって言ったのは先輩の時か。あの時は……初めて陽信に好きって大声で言った時でもあったっけ。懐《なつ》かしいなぁ。

いや、懐かしいって程《ほど》には昔じゃないか。

昨日も言ったけど、陽信とはもっと長くいるんじゃないかって錯覚《さっかく》するよね。一年の時なんて別のクラスだったんだし、そんなことないんだけどさ。

一年の時も一緒のクラスだったら、体育祭で応援してくれたのかな。まぁ、昨日応援してくれたので十分満足だけど。

応援された時、なんだか普段《ふだん》よりも身体に力が漲《みなぎ》ってくるようだった。疲《つか》れなんてなくなって、いつまでも動いていられそうって言うか……。

全能感とか多幸感とか、言い方は色々あるんだろうけど、本当にそういう言い方がピッタリな感覚だったなぁ。

初美《はつみ》達に言わせると、良いところを見せようって張り切ってるからそういう感覚になるんだよってことらしいけど。

まぁ、その甲斐《かい》あってか一回戦は勝てたんだよね。相手も強かったけど、こっちもかなり強かったと思う。

陽信に応援された私が大活躍《だいかつやく》……ってほどじゃなかったけどね。

ちょうどうちのチームにバレー部所属がいたし、運動神経の良い初美がいたってのも大きい。私はできることを精いっぱいにやった感じだ。

陽信の応援で普段より頑張《がんば》れたんだからいいの。

まぁ、残念ながら一回戦は勝てたけど二回戦で負けちゃったんだけどさ。惜《お》しいところだったと思う。私にもう少しジャンプ力があれば……。

負けちゃった後は慰《なぐさ》めてもらって、それから陽信は沢山褒《たくさんほ》めてくれた。七海《ななみ》は頑張ったよって言われて、すごく嬉しかったなぁ。

褒めてもらえるっていいよね。

陽信はいつも私の料理とか、ちょっとしたことを褒めてくれるし、可愛いとか服を着た時も似合ってるって言ってくれる。

言わなくても分かるってことでも、全部言ってくれる。

前に『なんでそんなに言ってくれるの？』って聞いた時に『言わなきゃ分からないからさぁ』って言ってくれたっけ。

てっきり私がかなって思ってたら、自分もだって。言わなかったら私にちゃんと伝わってるかどうかが分からないって。

だから私も陽信を沢山褒めてあげて、カッコいいよとか、好きだよとかは全部伝えるし、人前でだって照れ隠しでも彼を邪険《じゃけん》には扱《あつか》わないと決めた。

そんな感じで終わった体育祭一日目だったけど……陽信は目に見えてくったくたになっていた。もうね、本当に疲れたのが一目で分かったよ。

本人は大丈夫とか強がってたけど、そういうのはなかなか素直《すなお》に伝えてくれないのが考え物だなぁ。

まぁ、おうちについたらすぐに電池が切れたようにこてんって寝《ね》ちゃったんだけど。子供みたいで可愛かった。

寝てる陽信に毛布を掛《か》けてあげて、私はちょっと早めに帰宅したんだよね。

それが無かったら彼のお部屋でまたチアガール姿を見せようかなとか思ってたんだけど……それはまぁ、また今度だ。

そんな昨日の出来事を思い返しながら私は今、陽信と一緒にグラウンドの端に立っていた。

いよいよこれから、私と陽信の本番である……おんぶ競争が始まる。

「がんばろーねー!!　目指せ一位!!」

「うん。がんば……え？　一位目指してたの？」

いやまぁ、一位はノリで言ってるだけだよ。私の言葉にキョトンとした陽信を見て私はますますやる気を出す。

一位にはなれなくてもいい、完走できれば上出来だよなぁとか思ってたりはする。なんせ人一人分を抱《かか》えるんだからその重さは……。

重さは……。……重くないよね私？

いや、ちゃんと体重維持《いじ》もがんばってるし。たまに陽信と一緒に筋トレしたりと、ちゃんと適度な運動も継続《けいぞく》してたし。

おんぶ競争の練習……はちょっと背負われて走るのが恥ずかしかったから、部屋で陽信におんぶされたりとかそれくらいで走ってはいないけど……。

でも、ちゃんとやるべきことはやってきた。だから今更《いまさら》、今更重いとか陽信に言われたら泣いちゃう。

たぶんギャン泣きする。それこそたぶん、陽信が引くほどに泣くと思う。女子高校生のギャン泣きに引かない男子はいない気がするけど。

たぶんそうなったら私は二度とこの競技には出ない……と思ったところで思い出した。

私が去年、このおんぶ競争に対してどういう感想を持っていたのかを。

おんぶ競争。

読んで字のごとく二人ペアで出場して片方が片方をおんぶ……ないし抱えた状態でゴールするという単純な競技だ。

おんぶ競争という名前ではあるけど、べつに抱え方《かた》に決まりはない。いわばこれは障害物競走や借り物競争の亜種《あしゅ》みたいなものだ。対象が人ってだけで。

私はこの競技が……嫌だった。

だから私がこれに出場するとか、一年の時から考えるといまだに信じられないや。

一年の時、初美や歩《あゆみ》はこの競技を見て音兄《おとにい》達とやってみたいなぁとか思ってたみたいだけど……私は全くそんなことを思っていなかった。

二人には申し訳ないんだけど、私はこの競技が嫌《きら》いすぎて体育祭から無くなればいいのにとすら思っていた。

出場している人達は楽しそうにしているし、別に男女のペアだけじゃなく男子同士のペアや女子同士のペアで出場している人もいる。

だから無くすのは無理だとは理解していたので、そんなことは間違《まちが》っても口にしなかったけど。せっかく楽しく参加している人へ水を差すことになるから。

だけど、重ねて言うけど私はこの競技が嫌いだった。もしかしたら嫌いになった……と言う方が正確な表現かも知れない。

そんなに複雑な理由があるわけじゃない、単純な理由。

去年の体育祭で、私はこの競技に沢山《たくさん》の男子に誘われた。かなりの人数から誘われた。それこそ参加競技決定まで一日三人くらいから誘われた。

それこそ色んな場所で、様々な言葉で、自分の言葉で、人づてで、色んなお誘いが私にはあった。

前に告白してきた人、話したことも無い人、冗談っぽく言ってくる人……色々な人がいた。

モテモテだねぇとか揶揄《からか》われるけど、それがたまらなく嫌で苦痛だった。好意というものに善悪は無いし、ありがたいと思うべきなのも分かってたけどさ。

それでも、それだけのお誘いがあるとうんざりしちゃうのは仕方ないじゃない。

当時の私は……今もだけど、基本的に見ず知らずの男の人とそういう接触《せっしょく》をするのが嫌だったので全てを丁重《ていちょう》にお断りした。

断り続けてるうちに悪いことしたなぁ……とか少しの罪悪感を覚えてたけど、それでも私は嫌だから断ってた。

そのお誘いが純粋《じゅんすい》な好意ばかりじゃないって、当時の私は知らなかったんだ。

偶然《ぐうぜん》だけど聞いちゃったんだよね、本当に偶然。

『おんぶすれば茨戸《ばらと》の胸を堪能《たんのう》できるじゃん』

そんな一言だ。いや、他にも色々な言葉があったけどちょっと思い出したくない。軽くトラウマになりそうなものもあったからさ。

ほとんどの人は……私の身体が目当てだったようだ。

全部が全部そうじゃないとは思いたいけど、私はもうその言葉を聞いて全員がそうだと思うようになってしまっていた。

そして私は、その競技自体が嫌《いや》になった。

それが去年の話。

そんな私が、陽信に一緒《いっしょ》に参加しようって言ったのは自分でもびっくりだ。確か一緒にできる競技は他にもあったはずなのに。

これを選んだのは、きっと去年の嫌な気持ちを払拭《ふっしょく》するためだったのかもしれない。今にして思えばだけどね。

去年断った人達もたぶん、全員がそういう欲望じゃなくてきっとただ純粋に競技を楽しみたい人だっていたはずだ。

……あ、そういや剣淵《けんぶち》くんも誘ってきてたっけ。あれはまぁ、明確に冗談で言ってるのが分かったから除外かな。

ともあれ、そんな理由で競技を嫌うってのはちょっと違《ちが》うような気もしたから。

実はこのこと、陽信には話してるんだよね。なんでこの競技に参加しようと思ったのって言われて、私は自分自身に問いかけるようにそのことを思い出したから。

『じゃあ、嫌な思い出を払拭するように頑張らないとね』

陽信は私の気持ちを否定も肯定《こうてい》もしないで、ただただその一言を言ってくれた。それが私はとても嬉しくて……彼にくっついた。

だから今日の私は……とてもやる気に満ちている。去年の嫌な気持ちが嘘《うそ》のようにだ。

「さて、それじゃあ……おんぶで行く？　それとも抱える？」

「おんぶで!!」

彼からの提案に私は手を上げて元気よく答える。陽信はそんな私を見て少しだけ困ったように眉を寄せて笑顔《えがお》を作る。

このちょっと困ったような顔で笑うのが好きだなぁ。

たぶん陽信は背中に当たる感触《かんしょく》を考えているんだろうな。でもまぁ、それを今更気にする必要ないんだけど。だって……。

「こないだ当てたんだから……大丈夫でしょ？」

おんぶする前に、彼《かれ》の耳元にコソッと近づいて耳打ちする。陽信は一瞬《いっしゅん》だけビクッと身体を震《ふる》えさせるけど、直後に私に対して不思議な視線を送ってきた。

困惑《こんわく》と、驚《おどろ》きと、羞恥《しゅうち》が交じったような視線。

どうしたんだろ？　おんぶは練習で何回もしてきたし……。みんなの前でやるのが恥《は》ずかしいのかな？

「じゃあ七海……きつかったら体勢変えるからいつでも言ってね？」

「？　うん。大丈夫だよ。陽信も私が……」

重かったら言ってねといいかけて、私は口をつぐんだ。なんかそれを自分から言うのはちょっと憚《はばか》られたのだ。

重くない……いや、ちょっと重いかもしれないけど重くない。矛盾《むじゅん》しているかもしれないけど、私は重くない。

「……普段から筋トレしてるんだから、軽いもんだよ」

まるで私の言葉を補足するように、陽信は力こぶを作りながらその手を掲《かか》げた。頼《たの》もしいなぁ……と思いつつも……。

「違うって分かってるけど……筋トレしてなかったら重いって言われちゃってるような……。いや、違うって分かってるの、分かってるんだけど」

「ご……ごめん」

「違うの、陽信のせいじゃないの……」

これは私の気持ちの問題なの……複雑な乙女心《おとめごころ》と言うか……。我ながらこれはめんどくさい。めんどくさすぎる……。

自身のめんどくささに我ながら引いたり呆れたりしていると、隣《となり》に誰かが立つのが分かった。

「七海ちゃん……負けないよ」

「師匠《ししょう》、今日はよろしくお願いします！」

視線を向けると、そこにいたのはすでにおんぶの体勢になっている琴葉《ことは》ちゃんと弟子屈《てしかが》くんだった。まだスタート前なのに、それで移動してきたの？

弟子屈くんは相変わらず陽信を師匠と呼んでいるようだ。照れるからやめてって言ってるけど、陽信に琴葉ちゃんのことを色々と相談しているようだ。

これもまた一つの友達の形……なのかな？　まさか弟子屈くんが友達になるとは思わなかった。

「弟子屈くん……お手柔《てやわ》らかにね」

「勉強させてもらいます！」

「いやまって、おんぶ競争で何の勉強があるの？」

困ったように笑うけど、陽信もなんだかんだ言って楽しそうだから私も嬉しいな。ただ、その笑顔を私以外に向けるのは……。

いや、いけないいけない。ダメだよ友達に嫉妬《しっと》とか。しかも男友達だよ。

これは私も心を広く……広すぎない程度に持たないとダメかなぁ。ちゃんと訓練しておかないと。

「タクちゃんにおんぶされるって……ちっちゃい時以来だねぇ」

「そうだなぁ。琴葉も昔に比べて随分《ずいぶん》と重くなったよなぁ……あの頃はたしグフッ⁈」

しみじみ言う弟子屈くんに間髪《かんはつ》容れずの琴葉ちゃんのパンチが炸裂《さくれつ》した。おんぶされてる状態なのに器用だな琴葉ちゃん。

そういうのを気にしなそうな琴葉ちゃんだけど、やっぱり直《じか》で重いと言われるのは許せないようだ。というか琴葉ちゃん、細いからきっと重くないよ。

いや、これは弟子屈くんに言われたから怒《おこ》ってるのかも。

「こ、琴葉……？　なんで俺いきなり殴《なぐ》られたの？」

「誰が重いって……？」

「ち、ちがう……‼　あのころと比べて成長したなって言いたくて……‼」

「タクちゃん……言い方を考えようね？」

しゅんとした弟子屈くんが素直にごめんなさいと謝った。見た目だけなら不良の弟子屈くんを従えている琴葉ちゃんはさながら猛獣使《もうじゆう》いか？

こりゃ、姐御《あねご》って言われちゃうよね。

「そういえば、クラス違うのに二人一緒なんだ？」

「タクちゃんのクラスとは同じチームだから……ってなんで知らないの？」

陽信の疑問に私もちょっと苦笑《くしよう》する。体育祭嫌いだったみたいだし……興味も無かったんだろうなぁ……。説明したらなるほどって納得してた。

もしも今回ので陽信が苦手意識を克服《こくふく》してくれたら私も嬉しいよ。私がこの競技への苦手意識がなくなったように。

「おっと、そろそろスタートだね……じゃあ、七海」

「うんっ！」

しゃがんだ陽信の背中に、私は飛ぶように跳《は》ねて乗る。こうしてみんなの前でおんぶされるなんて何年ぶりだろうかな。

練習の時にもあった、安心感にも似た思いがこみ上げる。

陽信の背中におんぶされてると、なんかちっちゃい頃にお父さんにおんぶされてた時のことをちょっとだけ思い出す。

あの頃のお父さんの背中の方が広く感じてたし、今は私も大きくなったから感じ方は違うのに不思議だなぁ。

ちょっと筋肉質だからかもしれない。

「じゃあ七海、しっかり掴《つか》まっててね……痛かったら言ってね？」

「あ、うん」

掴まっては分かるけど、痛いのはどっちかと言うと陽信の方じゃないのかな？　私がギュッと彼にしがみつくのと同時に、スタートの合図が鳴り響《ひび》いた。

みんなが一斉《いっせい》に走り出して、陽信はほんの少しだけタイミングをずらしてゆっくり目にスタートした。

何でそんなことしたんだろうと……と思ったんだけど、その理由はすぐに分かった。

い……痛い……!!　え？　痛いんだけど?!

おんぶされた状態で陽信がゆっくり走ってくれてるんだけど、それでも胸が痛い。ただおんぶされていた時は平気だったのに……痛い!!

でもせっかくの競争だし、とりあえず我慢《がまん》……我慢しないと……と思ってたら陽信の走るスピードが徐々《じょじょ》に落ちてくる。

2-2
NAMI
2-2
YOSHIN
KEEP
RUNNING

それに合わせるように……私の胸の痛みも小さくなる。

放送部の実況《じっきょう》が聞こえてくる。陽信が戦意喪失《そうしつ》したのかとか私が重かったのかとかいう冗談《じょうだん》めかした実況で周囲が沸《わ》いていた。

完全に止まった陽信は、私を背中からゆっくり下ろした。本当に重かったのかなと少しだけ不安になっていたら……。

急な浮遊《ふゆう》感が私を襲《おそ》った。

状況が把握《はあく》できないままに実況が沸く、周囲も合わせて歓声《かんせい》と黄色い悲鳴を上げる。陽信は私を……横向きに抱《だ》きかかえた。

いわゆるこれは……お姫様抱《ひめさまだ》っこだ。

ようやく状況を理解した私は、流れるように私を抱えた陽信の首に手を回していた。そして私を見下ろした彼は小さく呟《つぶや》いた。

「七海、行くよ！」

「え……うん……!!」

逆光に照らされた彼の顔を見て、私の胸はドキリとなった。別に甘《あま》い言葉をかけられたわけじゃないのに胸が高鳴る。

そして私が声を発した直後に、身体全体が後ろに引っ張られたように感じた。

さっきとは比べ物にならない速さで陽信が駆《か》け出す。さっきゆっくりだったからか、身体全体を心地《ここち》のいい風が撫《な》でていく。

流石《さすが》に出遅《でおく》れていたからかもうゴールしている人も何人かいるけど、みんな私達を見ている。周囲はすごい盛り上がりを見せている。

「すごいすごい！　これ楽しい！」

私も陽信の腕《うで》の中で、まるで子供みたいにはしゃいでいた。こんなの、お父さんにもやってもらったことない。

私は笑いながら、彼にしがみついている腕にさらに力を入れた。

そしてそのまま……私と陽信はゴールした。

◇◇◇◇◇◇◇◇◇◇

余談というか、オチというか……。

ゴールした陽信は私を離《はな》した後、腕をプルプルさせてその場に座《すわ》り込《こ》んでしまった。どうやらお姫様抱っこすることに全力を注いで、無理しちゃってたみたい。

だったら無理しなくておんぶでもよかったのにって言ったら、陽信は腕をプルプルさせながらちょっとだけ怒ったように笑う。

「七海……胸痛いの我慢してたでしょ？」

その一言にドキリとすると同時に、私が痛いのを分かってくれてたんだって嬉しくなった。背中にしがみついてただけだったのに。

「七海の力の入り具合がちょっと変だったのと……」

「だったのと？」

「……七海、胸がおっきいから痛いんじゃないかなって思ってた。ちょっとその……胸の話だから言い出しにくくってさ……」

だから最初に痛かったら言ってねって言ってたんだ。そしてそれが的中したと思ったから、わざわざ体勢を変えてくれたんだね。とっても大変だったのに……。

一位にはなれなかったけど、私にとっては一等賞だ。

チラリと見ると、一位の人達《たち》はインタビューを受けているようだ。順番に並ばなきゃいけないから移動しないといけない。

「陽信、手どうぞ」

「うん、ありがとう」

私は座り込んだ彼に手を伸《の》ばして、立ち上がる彼の手を割と強めに引っ張る。勢いや疲《ひ》労《ろう》もあってか、彼は私の目論見《もくろみ》通りに私に寄りかかる。

私はそこでこっそりと、優勝賞品のように陽信のほっぺたにキスをした。

みんなはインタビューを受けてる一位のペアに注目しているから、こっちには気づかない。彼は驚いたように、自身の頰《ほお》を手で押《お》さえている。

もう、震えてはいなかった。

これは私と陽信だけの……。

「……師匠、すげえ……こんなグラウンドでキスとか……」

「タクちゃんもしてほしい？」

ありゃ、琴葉ちゃん達に見られてた。まぁ、この二人なら別にいっか……。

大嫌《だいきら》いだったはずのこの競技は今日、私の中で大好きな競技に変化した。それも全部、陽信のおかげだ。

私は見られたことを誤魔化すように、彼に飛び込むようにくっついて……放心してた陽信はその勢いを殺せなくて、また二人で倒《たお》れこんじゃった。

第三章　誘う勇気

「マイちゃんマイちゃん、修学旅行がハワイってマ？」

「そうみたいです……」

バイトの休憩《きゅうけい》中、ユウ先輩がキラキラとした目を僕に向けてくる。そうなのだ、今年の修学旅行はハワイということで……そろそろ色々と準備をしなければならない。

パスポートの申請《しんせい》をしたり、必要な書類を出したり、必要なものを買いに行ったり……旅行中に何をするかを調べなきゃいけないってのもあるなぁ。

「いーなぁ、いーなぁ、学校行事で海外行けるって羨《うらや》ましいよ～……あーしもついてってていい？　マイちゃんのギリ姉ですって」

「一人っ子の僕に義理の姉ですってどういうことですか？」

「バイト先が同じだから、ギリギリ姉とも言えなくもないってことで」

「そっちのギリ⁉」

阿呆《あほ》みたいな話をしているけど、僕としては実は修学旅行にいくつかの懸念《けねん》があったりもするのだ。もちろん、楽しみな要素も沢山あるけど。

僕は少し前に起きた出来事を思い返していた。

◇◇◇◇◇◇◇◇◇◇

「お前ら、イチャイチャしすぎ」

僕が……いや、僕等が唐突《とうとつ》に言われたのはそんな一言だ。前置きも何もなく言われてしまってそれがどういう意味の言葉なのかも理解するのに時間がかかった。

僕が先生に呼び出されるのはいつものことだけど、今回はいつもと違っていた。

立派なソファーのある応接室のような場所で、いつもよりも低いなんだか立派に見える机の向こうに先生が腰《こし》かけている。

いつもは職員室で普通《ふつう》の椅子《いす》に座っているから、深く沈《しず》みこむソファに違和感《いわかん》を覚えてしまう。なんか膝《ひざ》の位置もいつもより高い気がするし。

そして隣には……七海《ななみ》がいる。

僕と七海は隣《とな》り合って、先生と差し向かいで話していた。

なんかお茶まで出してくれたし、いつもの呼び出しとは全然雰囲気《ふんいき》が違うと思ったら……いきなりの一言である。

　僕も七海もそろって照れてしまう。

「いやぁ、そんなに褒《ほ》められると照れますよ」

「いや、褒めてないよ？」

　そんなことは百も承知なんだけど、とりあえず場を和《なご》ませるために軽く冗談を口にする。

七海も同じように頰を指で軽く押さえつつ照れたように顔を逸《そ》らしていた。

　先生もそれを分かってくれているのか、苦笑をしつつも僕等をどこか微笑ましいものを見るような目で見ている。

　視線の色と、発言の内容がいまいちチグハグな気もするけど。

「でも先生、今更呼び出されるほどにイチャイチャした覚えがないんですけど……」

「そうそう、こないだも学校祭の件で呼び出されたばっかりだし。さすがにちゃんと注意してますよ？」

「マジかお前ら」

　呆《あき》れたように言われてしまった。いや、ようにじゃなくて実際に呆れられているのか。

　でも、七海の言う通りなんだよね。ちょっと前に呼び出されたのは僕も納得《なっとく》しているんだよ。なんせみんなの前でキスしたんだから。

だから今回の呼び出しは……解《げ》せないというか……。

「お前ら……体育祭の時にもキスしてたろ……」

げっ……バレてる。

僕《ぼく》も七海も露骨《ろこつ》に明後日《あさって》の方向を見て、あからさまに惚《とぼ》けてみた。明確な単語が出てないからもしかしたら誤魔化《ごまか》せるのではという希望的観測からなんだけど……。

先生は僕等を半眼で、睨《にら》むよう凝視《ぎょうし》している。絶対に目を逸らさないという強い決意を感じる視線だった。

「まぁ、気づいてる人は少なかったと思うけどな。正直、何やってんだって焦《あせ》ったぞ……」

その一言にホッとするんだけど、確かにちょっと……やりすぎだったかなとは思う。学校祭で注意されたばっかりだったのに、グラウンドでやっちゃったからね。

「でも先生、私がやったことなのになんで陽信《ようしん》まで呼ばれたんですか？」

「ん？　茨戸《ばらと》だけ呼び出したら変な憶測《おくそく》呼びそうだからな。それにまぁ、こういうのは連帯責任って相場が決まってるから」

「えぇ……？　私のやったことのせいで陽信まで怒られちゃうんですか？」

納得いってないように抗議《こうぎ》の声を上げる七海だけど、僕としては七海を制止できなかった時点で同罪なので異論はない。

それにほら……。

「七海一人が怒られるより、僕も一緒に怒られた方がいいよ。七海が一人で落ち込んじゃうより、こういうのは共有して半分こしよう」

「陽信……」

「というわけで先生、怒るなら僕に半分以上怒って七海にはお手柔らかにお願いします」

「お前らはこういう場面でもイチャつくのを抑《おさ》えんのか」

ツッコミを入れられてしまったけど、こればっかりは仕方ない。無意味に七海を庇《かば》うわけじゃないよ、僕だって七海が悪いことをしたら叱《しか》るし……。

そういう場面に遭遇《そうぐう》したことないけど……。

「とりあえず、二人で盛り上がってるところ悪いけど今日はそういう意味で……いつものお説教で呼んだわけじゃない」

「お説教じゃ……ない？」

「そうだ。だからほら、職員室じゃなくてここに来てもらったんだよ」

職員室だと周りの目もあるからなと先生は付け加える。

なるほど、だからこんな普段は来ないような場所だったのか。お説教じゃないならと少しだけ僕と七海は気持ちを弛緩《しかん》させる。

ただそうなると……なんで呼び出しを？　という最初の疑問に立ち戻《もど》った。

先生は少しだけ神妙《しんみよう》な表情を作ると、テーブルの上に置いてあったお茶を一気に呷《あお》るように飲む。そして両手を組んで、その表情に合わせたように慎重《しんちよう》に口を開く。

「結論から言うと、修学旅行で二人一緒の班で大丈夫《だいじようぶ》かって懸念が出ている」

……へ？

あまりにも唐突な宣言に、僕も七海も固まった。修学旅行で……え？　なんでそんな懸念が出ているんだろうって、疑問が頭に湧《わ》いてくる。

結論から言われて言葉を失った僕等に、先生は更《さら》に言葉を続ける。

「学校祭の時にステージ上でキスして、体育祭で……まぁ、目撃《もくげき》は少ないから誤魔化せたけどグラウンドでキスをしてと、不純異性交遊の手前まで来てそうな二人は修学旅行でやらかすんじゃないかと……なぁ……」

その説明に、僕も七海も顔を見合わせる。ぐうの音も出ない話である。こういうのも因果応報とでも言うんだろうか？

それでもまさか、一緒の班で大丈夫かって思われるとは……って、ちょっとまって。修学旅行の班って……。

「まだ班って決めてないですよね？」

「そうだけど、どうせお前ら一緒の班になるだろ」

何を当然のことを言っているんだと言わんばかりに、一緒の班になるだろうと断定されてしまった。いやまぁ、そうなんだけどさ。

一緒の班になれればいいなぁってのは考えてたけど。どういう決め方するのかは知らないから希望的観測だったんだよ。

「くじ引きとかじゃないんですね？」

「修学旅行なんだから、好きなやつらで五人から六人くらいの班を作るかな。さらにその班同士で組んでグループ作るやつもいるし」

フライングで決め方を聞いてしまい少しだけ罪悪感が湧き上がるけど、それ以上に好きな人同士で組んでいいということに安堵《あんど》する。

くじ引きで決めるとか、男子だけ、女子だけで組めとか言われなくてよかった。だけど安心するのは……早いんだよね？

「それで、僕と七海が同じ班になったら心配と？」

「そうそう。同じ班にしたらずっとイチャイチャしてるんじゃないかってな。修学旅行はなんだかんだで『修学』の旅行だから」

「さすがに僕と七海だって授業はちゃんと受けてますし、そこまで分別が無いわけじゃないですよ……心配しすぎと言うか……」

「いやいや、修学とは言っても『旅行』だからな。非日常でテンション上がりすぎて学生の範疇《はんちゅう》を超《こ》えないかってのも心配されてるんだよ」

なんせお前ら二回も連続でやってるからなと付け足されると、非常に反論しづらい。

でもまぁ、修学旅行が読んで字のごとくって意味ではその通りなんだろうけどさ。どうせなら旅行重きで考えてほしいものだ。

しかし、そこまで心配されているのか。まいったなぁ。学校でイチャつきすぎたか？いや、意識してイチャつこうって思ったわけじゃないんだけどさ。

「言っといてなんだが、そこまで悩《なや》まなくてもいいぞ。さすがにお前らは組むの禁止とかには俺《おれ》がしないから」

「でも僕等に伝えてきたってことは……不安材料はあるんですよね」

「まあなぁ……うるさい先生はどうしてもいるんだよ……」

なるほどなるほど。禁止にはならなそうだけど監視《かんし》は厳しくなるかもしれないってところなんだろうか。

先生が禁止にはしないでくれるってのはありがたいし、頭が下がる思いだ。それでも七海との旅行……修学旅行だけど……が台無しになるのも避《さ》けたいところ。

いい案は無いかなと思っていると、先生が本題に入る。

「だからお前ら、次の中間テストで可能な限り良い点を取ってくれ。そうだな……可能なら九十点以上は取ってほしいかな」

「え？　どういうことです……？」

唐突な発言に、僕はちょっとだけ面食らう。しかも九十点以上って、どんだけハードル高いと思ってるんですか。夏休み補習組ですよ僕は。

僕は困惑するんだけど、七海はちょっとだけ得心がいったのか「あー……」という声を上げている。えっと……？

「修学旅行前に中間試験がある。これは本来、修学旅行前に色々と終わらせようって措置《そち》だ。俺等も採点とか終わらせたいしな」

困惑する僕に、先生はまず中間試験の意義から説明してくれた。確かに、修学旅行後に中間試験ですとなったら落ち着いて旅行も楽しめない。

というか、旅行から帰ってきてからの落差がひどすぎでやる気も出ないだろう。

それが修学旅行前に良い点を取ることに何の関係が……。

「まさか、赤点だったら修学旅行中に補習とか、そもそも旅行行かせないとか……」

「それはない。さすがに旅行中に補習とか俺等も嫌だ」

そりゃそうか。先生も本来であれば中間試験と修学旅行は関連は無いということも補足する。だったらなんで？

「そもそも問題になってるのはお前ら二人の風紀の問題だ。不純異性交遊に片足ツッコんでるバカップルがなんか問題起こさないかって話だよ」

とうとう先生にまでバカップルと言われてしまった。そんなに先生達から見ても僕等はそうなんだろうか……そうなんだろうなぁ。

だけど、問題を起こさないかと言われると少しだけムッとしてしまう。僕はともかく、七海は問題は……問題は……。

僕の脳裏《のうり》に、今までの七海の行動が走馬灯のように流れていく。

走馬灯って助かる手段を探すために脳が過去を振《ふ》り返ることなんだっけ？　うん、少なくとも今僕等を助ける記憶《きおく》は……思い出せなかったよ。

「問題は……別に起こさないですよ」

「そういうセリフはせめて俺の目を見て言ってくれ……」

さすがに目を逸らしたまま言ったら説得力は無かったか。七海もうんうんと頷《うなず》きながらも、ちょっとだけ笑《え》みが引きつってる。

そんな僕等を見て、先生は苦笑しながら息を一つ吐《つ》く。

「問題の基準は本当に人それぞれだ。ほら、保健室の先生なんかは別に子供ができなかったらいいでしょって大雑把《おおざっぱ》だし」

それはそれで問題だけどなと先生は付け加える。どうやらあの人は職員室内でも割と異《い》端扱《たんあつか》いのようだ。

ともあれ、問題だと感じている人がいるという事実は覚えておかなければならない。

「そんな感じで先生方も一枚岩じゃない。本当に問題さえ起こさなければ、ある程度は何とかしてやれる。だから……試験の点数だ」

「つまりは、多少の問題はあるけれども成績は良くなっているんだから容認《ようにん》しましょうよってことですか？」

「そうだ。むしろ簾舞《みすまい》は彼女《かのじょ》ができて成績が上がったんだから下手に抑圧《よくあつ》するとまた成績が下がることになるとも言える」

なんせ学生の本分は勉強だからな。と先生はまるで屁理屈《へりくつ》を言うように両手を大げさに広げた。

なるほどなるほど、確かにこの学校は成績が良ければある程度のお目こぼしはある。七海の格好や、後静《しりしず》さんなんかもそうだろう。もしかしたら弟子屈《てしかが》くんもかも。

だからここで……点数さえ取れば後は何とかしてやると言ってくれてるんだ。

なんともありがたい話だ。ありがたい話……だけど……。

「七十点以上でお願いできませんか……!!」

散々迷って、血を吐くように絞《しぼ》り出した僕の答えに先生は呆れたように嘆息《たんそく》する。いやまって、さすがに頑張《がんば》ってはいるけど、九十点以上は無理だ。

流石に情けないかと思ったんだけど、先生からは意外な言葉を聞くことができた。

「まぁ、七十点以上でも簾舞なら頑張ったと言えるか……？」

「そうですよ先生、陽信は頑張ってます！」

迷う先生に畳《たた》みかけるように、七海が続いた。続いたというか、僕の頭を抱《かか》えて撫で始めてしまった。

「陽信はやればできるんです！　だから目標を持ったことを褒めてあげないと！」

「うん、茨戸。さっき先生が言ったことをよーく考えてみようか」

真剣《しんけん》な眼差《まなざ》しで僕を撫でる七海に、先生も至極《しごく》真面目な顔で、見たことのない真剣な視線を七海に送っていた。

確かに、さっきまで注意されていたのってイチャつきすぎってことだったよね。なのに今こうやって先生の前で撫でられてるって……。

「なんで真面目な生徒ほど、好きな相手のことになるとポンコツになるんだ？」

ほかにもいるんですか先生？　と思ったけど、何人かに心当たりがあるからツッコめないや。たぶん、想像してる人で間違《まちが》ってはいないと思う。

どこか諦《あきら》めたような先生の呟きが、いつまでも僕の耳に残っていた。

◇◇◇◇◇◇◇◇◇

「とまぁ、そんな感じでして。修学旅行の準備もですけど勉強もちゃんとしないといけなくてですね」

「ええ、七十点くらい普通に勉強してれば楽勝じゃない？」

ここにも天上人がいた。というか、まさかユウ先輩《せんぱい》からそういう発言が出るとは思ってなかったから意外だった。

「ユウ先輩、勉強できるんですね」

「意外でしょ？　こんな見た目してるからねぇ、やっぱり成績は良い方がねぇ」

あぁ、なるほど。確かに七海も成績がよければ多少の見た目は見逃《みのが》してくれるみたいなことを言っていたっけ。

自身のポリシーや曲げたくないことに対してはユウ先輩もキッチリと努力しているんだろうな。意外と思った自分を恥じる……。

「ギャップでモテると思ったんだけどねぇ、ぜんっぜんモテやしない」

前言撤回《てっかい》したくなった。

でも、モチベーションの保ち方は人それぞれか。モテたいとかも立派な欲求だ。でもなんだろう、この残念な気持ちは。

「でもユウ先輩、だいぶ告白とかされてるんですよね？」

「いやー……それがさぁ……なーんでか彼女持ちしか告白してこないのよ……フリーの相手からは全然モテなくて……」

なんかすごい悲しそう。そういえばユウ先輩は過去に距離《きょり》感が近すぎるせいで色々と変な告白されまくったんだっけ。

それとモテたいと思う感情はまた別なんだろうか？　彼氏《かれし》は欲《ほ》しいみたいだし……。その一言を思い出した途端《とたん》、僕の中で一人の男友達の顔が思《おも》い浮《う》かんだ。

「そういえば僕の友達も、女子にモテたい彼女《かのじょ》欲しいって言ってましたねぇ」

「お、マイちゃんのお友達？　やっぱり高校生ならそうだよねぇ？　モテたいよねぇ？」

「今度、そいつが店に来たら接客してあげてください」

「うんうん、マイちゃんのお友達なら大サービスしちゃおう」

上機嫌《じょうきげん》なユウ先輩は踊《おど》るように仕事の準備を進める。そろそろお客さんも入る頃《ころ》だし、のんびり話せるのも今日はこれで最後だろうか。

「まぁ、私も成績は良い方だからいつでも勉強教えるよー。遠慮《えんりょ》なく言ってね」

「ありがとうございます。七海がいるから大丈夫なんで、気持ちだけ受け取っておきます」

「なんだぁ、マイちゃんにはもう家庭教師がいるのか。せっかく家庭教師コスプレで教えてあげようかと思ってたのに」

「変な告白ばっかされるの、絶対にそういう行動のせいですよ？」

この人やっぱり距離感バグりすぎてる。頼《たよ》りになるし、良い人だってのは分かるけど、ユウ先輩絡みのことは絶対に七海には隠《かく》さないようにしよう。

ちょっとしゅんとして「だって彼女持ちなら絶対に変なことしないから安心じゃん」とか言っているし。

なんだかんだでこの人、純粋《じゅんすい》と言うか単純と言うか……悪意に無頓着《むとんちゃく》なのかな。

「じゃあ一つだけ教えてください。どうすれば勉強のモチベーションって保てます？」

「そんなの今のマイちゃんなら簡単だよ、目標があればいいんだから」

「え？　……あぁ、そういうことですか。確かにそうかも」

僕が先生にされた提案は憂《うれ》いをなくすためのものだったけど、確かにそれはそのまま勉強のモチベーションになりそうだ。

七海と修学旅行を楽しむ。

そう思うだけで、何でも頑張れそうだ。そうやって気合を入れる僕に、ユウ先輩からの忠告が届く。

「マイちゃん、修学旅行はね……行く前からもう始まってるんだよ？」

「……どういう？」

「準備から楽しいってこと。勉強もいいけど、そっちもちゃんと楽しんでね」

なるほど。家に帰るまでが遠足です……ならぬ、準備からもう遠足ですとかそういうことか。確かに学校祭とかも準備楽しかったもんな。

中学の修学旅行は何にも覚えてないから、実質これが初めての修学旅行みたいなものだ。

確かにそれなら、準備から楽しまないと損だろう。

「ありがとうございます」

僕のお礼の言葉に、ユウ先輩はとても眩《まぶ》しい笑顔《えがお》を返してくれた。そうだよね、ちゃんと準備から七海と一緒《いっしょ》に楽しまないと。

勉強もバイトも頑張って、修学旅行も楽しもう。その忙《いそが》しさに、なんだか柄《がら》にもなくワクワクしてきてしまう。

　さしあたって、今日のバイトも頑張ろうか。

「そういえばさ、マイちゃん。君の友達が店に来た時、あーしはあーんとかしてあげるべきかな……？」

「それは法律的に大丈夫なやつなんですかね……？」

　たぶん……いや、絶対に仁志《ひとし》はそれ喜ぶけど……やってもいいやつなのか？　とりあえず、あいつがいつか来た時のために……大丈夫かくらい調べておこうかね。

◇◇◇◇◇◇◇◇◇

　修学旅行というのは事前準備がとても大切だ。

　特に今回、僕等は海外という未知の世界に文字通り飛び立つことになる。そこには未知への恐《おそ》れと期待というものが多く含《ふく》まれているってことだ。

　未知の世界へ行く場合、準備をしすぎるということはない。微《び》に入り細を穿《うが》つという言葉があるように、細かいところまで調べる必要があるだろう。

　そんなわけで、今日は七海と準備のための買い物デートをすることにした。

ちゃんとしたデート……というものではないかもしれないけど、ここ最近は学校行事が盛況《せいきょう》だから二人きりの時は割とのんびりすることが多くなっていた。

もちろん、二人で遊ぶのは沢山《たくさん》してるけど……それでも部屋でまったりと過ごしたりするのがここ最近は多かったんじゃないだろうか。

コンビニでお菓子《かし》を買って、どっちかの部屋でのんびりと休みながらお喋《しゃべ》りする。部屋だと気が向いたら寝《ね》っ転《ころ》がったりできるしね。

ただ僕が寝っ転がってると、七海がこう……添《そ》い寝してくるのが常態化しているけど。あれはちょっと、ビックリする。

逆に七海が寝っ転がっている時には僕はスッといけないのが課題ではある。七海においでって言われないと添い寝できない。

もうちょっとグイグイと僕からいければいいんだけど……おっと、話が逸れた。今日は買い物デートだ。久々のデート。

「それじゃあ今日は、サングラスを買いに行きましょー」

「おー」

七海が手を上げると、僕もそれに呼応するように手を上げる。他にも買うものは色々とあるけれども、今日の一番のお目当てはサングラスだ。

サングラスなんて普通の眼鏡すら買ったことのない僕にはハードルの高い買い物なんだけど、七海も一緒だと気後《きおく》れせずに買えそうだ。

そんな、なんてことないのに購入《こうにゅう》するのに精神的なハードルが高くなってるものってあるよね。いや、エッチな物じゃなくてね。

今日の七海はサングラスを買うということからなのか、少しだけセクシー寄りな服を身にまとっている。

レースの片方の肩《かた》を出したオーバーサイズのセーターに、下は身体のラインが出るピッタリとしたジーンズを穿《は》いている。

上半身の露出《ろしゅつ》が多いからか、露出部分が寂《さび》しくならないようにネックレスを着けている。このファッションにサングラスを合わせるのは……カッコよさそうだ。

僕はそういうサングラスに合わせるのを考えてない、無難な普段着《ふだんぎ》だ。それでもまぁ、はるか昔の真っ黒に比べるといい方になってると思いたい。

白いシャツに黒い大き目の上着、下はカーキ色のチノパンと……。実は七海に選んでもらったコーディネートだったりするんだけど。

似合うかな？　って聞いたら似合うって言ってくれて嬉《うれ》しくて買っちゃったんだよね。僕も大概《たいがい》、単純である。

「七海、今日のファッションはなんかセクシーでカッコいいね」

「ありがと、陽信も似合ってるよー。可愛《かわい》い」

お互《たが》いに褒めあうのはちょっとくすぐったいけど、大事なことだ。ちゃんと似合うよとか可愛いよとか……。

「ん？　僕が可愛いの？」

「可愛い可愛い、シルエットの感じとかすごい可愛い」

自身の身体を見下ろしても、可愛いという感想は僕の中から出てこなかった。これが可愛い……可愛い？

僕の中にある感覚と、七海の感覚に齟齬《そご》が生じているようで少しだけモヤモヤする。これがファッションを学んでこなかった結果かぁ……。

「これが可愛いのかぁ。うーん、七海を見てなら素直《すなお》に可愛いと思えるけど、自分のことだからなぁ……」

「えー？　そう？　たまに私、自分のことも可愛いって思っちゃうよ？」

「それは七海が本当に可愛いからでしょ」

僕の答えに七海はちょっとだけだらしない笑みを浮かべて、えへへと可愛く笑う。うん、七海相手なら素直に可愛いと思える。

やっぱり可愛いは正義……というやつだなぁ。

「それじゃあ、可愛い七海さんのお手を拝借……」

「私も、可愛い陽信のお手々を握《にぎ》っちゃうね」

お互いに、どちらともなく手を繋《つな》いでお目当ての店に向けて移動を始めた。今日は時間があればあちこち行く予定ではあるけど、まずは一軒を目標にしている。

ここ数日で色々とハワイのことを調べたけど、興味深い話が多々あった。

例えば、日差しのこと。

僕等が行く時期はシーズンから外れているとはいえやっぱり日差しは強いらしい。それこそ、日本とは比べ物にならないくらいに。

だからハワイとかに行く時は日差しの強い地域用の日焼け止めとか、帽子《ぼうし》とかが必須《ひっす》で、中でもあった方が良いとされていたのがサングラスだ。

サングラスって、僕の中ではこう……パリピ的というか、陽キャがファッションで買うものってイメージが強かったんだけど、そうじゃないらしい。

「それにしても、目も日焼けするんだね……こわ……」

「目玉焼きなら好きだけど、さすがに目が焼けるのは勘弁《かんべん》してほしいよね」

「目に塗《ぬ》るタイプの日焼け止めとかないのかな？　ほら、目薬みたいな感じで」

「んー……調べた限りだと無かったんだよねぇ……。日焼けした後に使うやつはあったけど」

もしかしたら非常に有名な話なのかもしれないけど、僕は目にも日焼けがあるとは全く知らなかった。七海も同様みたいだけど。

そのための対策として、今日はサングラスを買いに行くことにしたわけだ。てっきり七海はサングラスを持っているかと思ったら、七海も持っていないんだとか。

「私も海外行ったことないしねぇ。なんだったら飛行機乗ったこともないかも」

「あ、そうなの？　中学の修学旅行はどうだったの？」

「その時も電車だったからなぁ。陽信は？」

「僕も飛行機乗ったことないんだよね。中学の時は……バスと電車だったはず」

じゃあ、また初めてが一緒なんだねと七海は嬉しそうに顔を綻《ほころ》ばせた。その表情を見られただけで、過去の僕に賞賛を送りたい。よく飛行機に乗らなかったと。

これからいくつ初めての共有ができるのか。これだけでも、今回の修学旅行は忘れられない大切な思い出になりそうだ。

僕が感慨《かんがい》に浸《ひた》っていると、七海は急にちょっとだけ難しい表情をする。なんか、悔《く》やんでいるような、悩んでいるようなそんな複雑な表情だ。

「どうしたの？」

「んー……私も眼鏡作ってなかったら……今回のサングラス選びも初めてにできたのになあって思ってさぁ……」

　あぁ、なるほど。確かに七海は普段《ふだん》から眼鏡かけてるし、もう持ってるもんね。

　僕は幸いにしてというか、目が悪くなく眼鏡をかけることがないからピンと来てなかった。ファッションの眼鏡も持っていないし。

　今回こうやって、一緒に買いに行っているのがちょっとだけ不思議な感じがする。

「でもほら、サングラスは持ってないんでしょ？　初サングラスってことで、それも初めての共有ができるじゃない」

「んー……まぁ、それもそっか。それに、念願だった眼鏡の陽信を見られるってことだもんね。それは楽しみだ。うん、すごく楽しみだ」

「そんなに念願だったの……？」

「ほら、前に夜景見た時に言ったじゃない。眼鏡の陽信を見てみたいって」

　あれ、そんなこと言ってたっけ……？　微妙《びみょう》に覚えてない。あの時は七海にプレゼントを渡《わた》すのに必死だったからか？

　思い出そうと頭をひねっていると、不意に視線を感じた。

嬉しい視線じゃなく、なんだかこう……じめっとした視線というか、感覚的には何か濡《ぬ》れたものが触《ふ》れたような……。

そんな視線を送っているのはこの場に一人しかいなくて、当然七海なんだけど。

どうやら七海は僕がそのことを覚えていなくて、ちょっとご立腹のようである。直った機《き》嫌《げん》がまたちょっと下降してしまった。

「……ごめんなさい、覚えてないです」

「もう。でも、素直に言ってくれたから許します」

誤魔化すくらいならと正直に言ったら、七海はすんなりと許してくれた。というか、もともとそこまで怒《おこ》ってはいなかったのかもしれない。

七海はそのまま僕の手を一度放すと、その手を僕の腕《うで》に絡《から》めてギュッと抱《だ》き着いてきた。

腕を組んだことで、七海の身体の柔《やわ》らかさがダイレクトに伝わってくる。

添い寝もしてるけど、こうやって移動しながらだとまた感じ方が違《ちが》うんだよね。

僕もだいぶ……腕を組んで歩くことに慣れてきたかな。昔よりはスムーズに歩けている気がするよ。

「ま、あの時は陽信も大変だったもんね。高いところを怖《こわ》がったりとか……」

「あー……うん、確かに……それもあったねぇ」

もしかしたら、恐怖《きょうふ》の記憶で細かい部分は吹《ふ》っ飛んでしまったのかもしれない。今のもそんな話したっけ……って感じで思い出せないし。

「それで思い出したんだけどさ、陽信って高いところダメじゃない？　……飛行機って大丈夫なの？」

「あっ……確かに……。どうなんだろ？」

「あの時も自分が高いところダメなんだって知らなかったんだもんね……今回も分かんないか……」

でも本当に、大丈夫なのか僕？　全然そのことを考えていなかった。いや、飛行機くらい現実感の無い高さなら、たぶんいけるんじゃないだろうか？

それでも乗ったことが無いから分からない。完全に出たとこ勝負になってしまうんだろうか。日焼け対策ならぬ、高いところ対策とか……あるのか？

ダメだった時は、あの醜態《しゅうたい》をクラスに晒《さら》すことを覚悟《かくご》せねばなるまい。

「無理しないでほしいけど、一緒に修学旅行は行きたい……二律背反ってこのことかぁ」

「まぁ、少しの辛抱《しんぼう》だし我慢《がまん》するよ。僕も七海と修学旅行に行きたいし」

「でもフライト時間、八時間くらいじゃなかったっけ？」

は？　はち……？　なにその時間。そんなに一つの乗り物に乗るって大丈夫なんだろうか。高所とかよりそっちの方が心配になってくる。

そんな僕の様子を見て、どうやら七海は僕が高所にいることを不安がっていると思ったみたいだ。組んでる腕から器用に僕の手を握る。

普段の手のつなぎ方とも違う、腕を絡ませた状態で手を握る形。なんだか複雑で知恵《ちえ》の輪《わ》になったみたいだ。

「大丈夫だよ、不安だったらずっと手を握っててあげるからさ」

七海は歯を見せてニッと笑うと、そのまま僕に自身の身体を押《お》し付けるようにくっつけてくる。確かに、七海に手を握られてたら不安なんて感じない……。

いやまぁ、高いところの時はダメだったかもしれないけど。あの時は突発《とっぱつ》だったからで、事前に分かっていれば勇気が湧《わ》いてくるというもんだ。

「飛行機でも隣同士《となりどうし》になれればいいよね」

「うーん、なれなかった時は変わってもらうとかできるのかな？」

どうなんだろ？　調べた限りだと飛行機って全部指定席みたいなものだろうから、勝手に変えるとかダメなんじゃないだろうか？

それとも同意があれば交換《こうかん》とかできるのかな。こう、席と切符《きっぷ》の確認《かくにん》みたいなものは無いんだろうか。

それもおいおい調べてみようか。

ただまぁ、イチャイチャしすぎとか言われているのに飛行機内で隣《となり》に座《すわ》っても大丈夫なんだろうかって心配もあるか。

ますます、勉強を頑張らないとな。

「それじゃあ、今日は準備の一歩目と言うことで……サングラスを選びましょうか」

「うん！　可愛いの選ぶぞー‼」

ここは七海が普段から自分の眼鏡を買っている専門店で、百貨店の一角にある店舗《てんぽ》だ。かなりの広さで、普段入る店とは違う独特の匂《にお》いがある。

本屋なら本の匂い、美容室なら整髪料《せいはつりょう》とかの匂い、食べ物屋なら扱《あつか》ってる食べ物の匂い……色んな匂いを経験してきたけど、これは初めての匂いだ。

「あら、七海ちゃんじゃないの。お久しぶりね、今日はどしたの？」

「えへへ、お久しぶりですー。今日はちょっとサングラス買いにその……彼氏と……」

入ったとたんに、七海が一人の女性店員さんから声をかけられていた。

茶色い髪《かみ》をまとめた、目が細めのどこかおっとりとした雰囲気の女性だ。服装はお店の制服なんだろうか、スーツのような服を着ている。

少し年上のお姉さんって感じの女性だ。

僕《ぼく》としてはこんな風に店員さんから話しかけられるとか経験したことが無いから、面食《めんく》らってしまう。これも、七海のコミュニケーション能力のたまものか。

紹介《しょうかい》された以上は挨拶《あいさつ》をしないと失礼に当たるよねと思い、僕は軽く頭を下げる。なんて言っていいかいまいち分からず、無難に挨拶の言葉を口にしながら。

店員の女性は僕と七海を交互《こうご》に見ると、凄《すご》く嬉しそうに「まぁまぁまぁ」と声を上げて満面の笑みを浮かべる。

なんだか目元にはうっすらと涙《なみだ》が見えるような気が……。

「あらぁ……話には聞いてたけど七海ちゃん、ほんとに彼氏できたのねぇ……。おめでとうって言っていいのかしら？」

話には聞いていた……？　え？　お店の店員さんにまで知れ渡ってるの？

「えへへ、ありがとう。でも、カスミさん大げさだよ」

「何言ってるの……大げさじゃないわよ。あ、サングラスだったわよね……とりあえずこちらにどうぞ。今、お茶持ってくるから」

え？　お茶？　どういうこと？　眼鏡を買いに来て……お茶って出されるの？

案内された席に座ると、なんだかそわそわとしてしまう。未知の接客に、どうも気持ちが落ち着かない。

　まるで上京したての人のように、周囲をきょろきょろと見回してしまった。こんな態度で七海が恥《は》ずかしい思いをしてないかな……。

　と思ったら、七海はいつものことなのか非常に落ち着いている。その姿を見て、ちょっとだけ僕の気持ちも落ち着いた。

「あの……カスミさんって？」

「カスミさんはね、お母さんの友達なの。確か……後輩《こうはい》だったかな？　お母さんよりちょっとだけ年下なんだよ」

　へぇ、睦子《ともこ》さんのお友達なのか。だから七海に彼氏ができていたことを知っていると。確かにお母さん同士の会話って子供の話題になったりするもんね。

　友達だからってわけじゃないけど、ちょっと雰囲気《ふんいき》というかタイプは似ているもんね。

　……って、後輩？　ちょっとだけ年下？

　僕、少し年上のお姉さんかなって思ったんだけど、まさかの母さん達と同年代……？

　全然見えないというか……若く見えるというか……。

　あんまり年齢《ねんれい》に言及《げんきゅう》しない方が良いのは分かってるけど、ビックリするよね。

「陽信も驚《おどろ》いた？　カスミさんすごい若々しいよねぇ。お母さんもいつも羨《うらや》ましいって言ってるもん」

「え？　僕が驚いてるってのよく分かったね……」

「だって驚いた時の反応が私と一緒なんだもん。ちょっと年上くらいにしか見えないよね」

「あー、七海も経験者だったのか」

「うん。小学生の時……って待って……思い返すとカスミさんの見た目……私が小学生のころから変わってない……？」

今度は七海が驚く番だった。ある意味で僕とは違う驚きだけど。たまにいるよね、そういう見た目が全く変わらない人って。有名人でも確かいたはず。

「はい、お茶どうぞ」

僕等の目の前にうっすらと緑がかった、綺麗《きれい》な黄金色《こがねいろ》の飲み物が置かれた。白い器に入れられていっそう色が映《は》えているようだ。

湯気の立った温かいお茶。手にするとその温かさがじんわりと伝わってくる。

「それで、今日はどんなサングラスが欲しいのかしら？　やっぱりカップルになったから記念にとか？」

「あ、えっと……今度の修学旅行でハワイに行くことになりまして。それで日差し対策にサングラスを購入しようかなと」

まだ七海が驚愕《きょうがく》から戻《もど》ってきていなかったので、代わりに僕が説明するとカスミさんはなんだか嬉しそうに僕に微笑《ほほえ》みかけてくれる。

その視線がちょっと照れくさくて、僕は照れ隠しするようにお茶に口を付けた。

あ、美味《おい》しい。なんだか甘《あま》さを感じるような……ホッとする味だ。

「七海ちゃんの彼氏さん……えっと……」

「簾舞です。簾舞陽信と言います、よろしくお願いします」

「そう、陽信くん、陽信くん……。うん、陽信くんね。覚えました」

ニコリと微笑まれた僕は、お茶でホッとしたこともあって表情を綻ばせる。やわらかく、人に安心感を与《あた》える微笑みだな。

「陽信くんは、七海ちゃんと今年になってからのお付き合いなんだっけ？」

「あ、はい……。えっと、そうですね、本当に二年になって初めの頃に付き合いはじめたので……もうすぐ半年になります」

「眼鏡の七海ちゃんは見たことある？　可愛いわよー。私が勧《すす》めてあげたんだけど、七海ちゃんみたいな子はもっと眼鏡をかけるべきだと思うのよねぇ」

「あ、はい。見たことありますね。確かに可愛かったです」

サングラスの話もそっちのけで、カスミさんはいかに七海に眼鏡が似合うか、可愛いかを熱弁してきた。

僕としても、七海が精神的なショックから戻るまではサングラスを決めるのは気が引けたのでその話を続けていた。何より、知らなかった七海の可愛い話が聞けるしね。

七海の眼鏡に関するエピソードが、しばらく続く。

「七海ちゃんは目が悪くないからコンタクトする必要はないんだけど、直接目に入れるって話を聞いて怖くて泣いちゃったことあるのよぉ」

「七海にもそんな可愛い頃があったんですねぇ。いや、今も可愛いですけど。可愛さの質が違うって言うか……」

「なんの話をしてるのッ⁈」

我に返った七海がツッコミを入れてきたのは、僕がたっぷりと七海の眼鏡絡《がら》みのエピソードを聞いた後だった。

どれもこれも可愛いもので、僕としてはそれだけでここに買い物に来てよかったと……。

「なんで満足そうなの⁈　まだサングラス買ってないでしょ⁈」

「なんか七海ちゃんがトリップしてたから、陽信くんには七海ちゃんの良さをたっぷりとアピールしといたわよ」

「何言ったの⁈　何話したの⁈　……まさかアレ喋ってないよね⁈」

七海の抗議《こうぎ》の声にカスミさんは柔らかく微笑むばかりで大きな反応を示さない。アレってなんだろうか、聞いたエピソードの中には入ってないようだけど。

ともあれ、七海が戻ったなら本題に入れそうだ。

「さて、それじゃサングラスを選びましょうか。どんなのがいいかしら？」

話題を変えるようにカスミさんは手をパンと叩《たた》く。七海はまだちょっと納得《なっとく》がいってい

ないのか、ほんの少しだけ頬《ほお》を膨《ふく》らませていた。

これ以上言及しても意味がないと思ったからかもしれないけど。さて、それじゃあここ

からはサングラス選びを……。

「陽信……後で何聞いたかだけ教えてね……」

「……はい」

にっこりと笑ってきた七海からの圧に、僕はただただ肯定《こうてい》の言葉を返す。いや、これに

ノーと言える人はいるんだろうか？

少なくとも僕には無理だった。

◇◇◇◇◇◇◇◇◇◇

修学旅行の準備は着々と進んでいく。

サングラスを買ったり、その他にも日焼け止めを買ったり、パスポートの申請《しんせい》をしたり学校へ提出する必要書類を書いたり……。

一つずつ行うたびに、旅行に行くんだなって実感がまるで積み木のように重なっていく。徐々《じょじょ》にだけど、確実にテンションは上がっていく。

普段なら絶対に面倒《めんどう》くさいような申請とか書類の作成とかすらも楽しく感じる。

それもこれも、七海が一緒にいるからだろう。一緒に行く人がいるというのはとても重要だ。思うに旅行はどこに行くより誰《だれ》と行くかが重要なのかもしれない。

まぁ僕、旅行に行ったことほとんどないし……だいたい七海と一緒にしか行ったことないから何を言うのかって話だけどね。

ともあれ、旅行の準備だ。それも大詰《おおづ》め、今日は修学旅行での班を決めることとなった。前々から話は出てたので、決める人はもう決めているようだけど。

修学旅行はあくまでも授業の一環《いっかん》なので、その班で何をするかということも重要であることから班選びは重要だ。

少し前の僕ならこの班を決めるというのがきっと苦痛だっただろうけど、幸いにして今は違う……。ありがたい話だ。

「班の人数に制限はないけど、だいたい五、六人を目安にしろよー」

先生と委員長達のその言葉を受けて、みんなが思い思いの人に声をかけたり、固まったりして教室内がワイワイと騒《さわ》がしくなった。

さてと……と、僕は改まって席を立って、七海の下へ近づいていく。七海はと言うと、頬杖《ほおづえ》をつきながら僕が近づいていくのを待っているようだ。

実はまぁ、僕から行くよってのは前もって言ってたんだよね。学校祭の時も、体育祭の時も七海が僕の席の方に来てくれた。

だから小さいことだけど、修学旅行の班は僕から誘《さそ》いたかった。本当に小さいことだけど、それでも僕にとっては大きなことだ。

七海のすぐそばで立ち止まると、妙《みょう》に緊張《きんちょう》した。ちょっとだけ、ほんのちょっとだけデートに誘う時のことを思い出す。自分から誘うのは、いつまで経《た》ってもなれないな。

「七海、修学旅行……一緒の班にならない？」

「もちろんだよー、えへへ、お誘いはいつでも嬉しいねぇ」

頬杖をついていた七海は嬉しそうに満面の笑みを浮かべると、自身の隣の席をポンポンと叩く。僕にそこに座れってことか。

自分以外の席に座ることも妙に緊張する……と思いつつ、七海からのお誘いならと僕はそこに座った。誰の席か知らないけどお借りします。

学校の席ってほとんど同じなのに、なんで違う席に座るのってこんなに緊張するんだろうか。

「……いや、お前らが一緒じゃなかったら誰が一緒の班になるんだよ」

「なんかもう学校祭から教室内でも遠慮がなくなってきたよねぇ～」

呆《あき》れた声と共に、音更《おとふけ》さん達が僕等の背後に立っていた。二人には言ってなかったけど、色々あったんですよ……実は……。

僕と七海は示し合わせたように、先生の方へと視線を向けた。

僕等の視線を受けた先生はというと……。静かに、ゆっくりと頷《うなず》いて微笑んでサムズアップする。あぁ、よかった……よかった……。

二人で顔を見合わせてホッと息を吐《つ》く。

頑張ったもんなー……中間試験。いや、ほんと頑張ったのよ勉強を。そのおかげで、今日があると言っても過言ではない。

全教科七十点越《ご》え。僕としては快挙である。補習も何もない、テスト後にまっさらな気分になったのは初めてだった。

それでもうるさい先生はいるかもしれないって警戒《けいかい》してたんだけど、さっきの先生の反応でそれもなんとかしてくれたことが分かった。

ここに僕と七海の間に……班を組むのに何の障害も無くなったと確信できた。これで心置きなく修学旅行に臨《のぞ》める。

「？　なんだよ二人とも、変な顔して？」

「みょーな雰囲気があるけど……エッチなことした？」

「してないっ！　なんで歩《あゆみ》はすぐにそういう方向に結び付けるの！」

「そんなの私がしたいからに決まってんじゃ〜ん。でも、まだしばらくはできないからしてたらうらやましいな〜って〜……」

あ、七海が絶句してる。神恵内《かもえない》さんは何かを思い出したのか、これまた苦悩《くのう》に満ちた表情を浮かべている。その表情で、七海はそれ以上は何も言えなくなったようだ。

音更さんは苦笑《くしょう》してるけど、神恵内さんの気持ちが分かると言いたげな顔をしていた。二人は二人で……色々あるんだよなぁ。

「まぁ、色々あったんだよ」

「そっか、色々あったんだな」

「色々あったんならしょうがないねぇ〜」

とりあえず、それで納得はしてくれたみたいだ。二人とも、僕と七海の近くの席に適当に座っている。いつもの四人……なので、僕はちょっとだけ勇気を出す。

「音更さんと神恵内さんも、一緒の班にならない？」

言っておいて、すごいドキドキしてる。さっきの七海を誘った時のドキドキとは、また違う感覚だ。

断られたらどうしようって気持ちと、図々《ずうずう》しいかなって気持ちが半々……。今まで誰かを誘うなんてしてこなかったから、冷《ひ》や汗《あせ》が出そうになる。

答えが返ってこなくて、僕の中の緊張感はますます大きくなるんだけど……ふと二人を見ると、彼女達《かのじょたち》は目を点にしてキョトンとしていた。

七海もそんな二人を小首を傾《かし》げて眺《なが》めている。なんだろうこの雰囲気は？

二人とも、さっきの僕等みたいに顔を見合わせると……再び僕へと視線を戻す。そのころにはキョトンとした顔じゃなく、どこか嬉しそうな笑《え》みを浮かべていた。

その笑顔が、なぜかちょっとだけ母さんとダブったのは内緒《ないしょ》だ。

「まさか簾舞から誘われるとは思わなかったなぁ」

「そうそう、なんかちょっと……キュンとした？」

「歩……？」

「ち、ちがうの七海っ！　そういうキュンじゃなくて、成長を喜ぶキュンみたいな……！」

七海の目が光ると、神恵内さんがちょっとだけ焦《あせ》ったように彼女《かのじょ》をなだめる。まさかの回答に僕もビックリした。

確かに改めて誰かを誘うのは初めてだけど……こんなに驚かれるとは思ってなかった。なんか余計なことを言ってしまった時のように、ちょっと恥ずかしい。

これが人と関わるということなのか……。いや、たかが誘うだけで大げさかもしれないけどさ。

「まぁでも、誘ってくれて嬉しいよ」

「改めて言われるといいよね。ありがと～」

フォローの言葉にちょっとだけ救われる。というか逆に気を遣《つか》わせて申し訳ない気持ちにもなる。これからは変に照れないように気を付けよう。

こればっかりは場慣れが必要なのかもしれないけどさ。

「でも、誘っておいてなんだけどさ……二人とも僕と一緒でいいの？」

七海は一緒で嬉しいのは確実だけど、僕と一緒の班でも大丈夫《だいじょうぶ》なんだろうかっていう懸《け》念《ねん》があったりもする。

あと、僕と七海が一緒だとたぶんこう……色々と目の毒な部分もある気がしてる。抑《おさ》えるけどさ、恋人《こいびと》同士だし多少はそういうのあるでしょ。

その点については七海も同意見なのか、修学旅行だし他の仲の良い子達と一緒がいいなら無理しないでもいいよとは言っている。

七海もそうだけど、音更さん達も友達多いからね。たぶん、どの班になったとしても楽しく行けると思う。この前、僕に謝《あやま》ってきたお二人さんとか。

せっかくの旅行なんだし、楽しめるメンバーで行った方が良いよね。

「あー……そのことなんだけどな……」

ほんの少しだけ、音更さんと神恵内さんは言いづらそうにしながら、僕と七海の近くまで顔を近づけて耳打ちしてくる。珍《めずら》しい反応だな。

「実はさ……兄貴達が心配しているんだよ……」

「そうそう……私達が他の男子と一緒の班で大丈夫かって心配しててさぁ。学校祭の衣装《いしょう》見せたら特に心配だって～……」

「だからその……むしろ簾舞と一緒の班だと兄貴達も安心というか……」

「他の男子達のお誘いも断りやすいというか～……」

あー……なるほど。なんか納得だ。確かに修学旅行だと男子も解放感が生じて普段だと誘いづらい女子とかも誘いそうだ。

周囲を見回してみても、男子が何人か女子に組もうと誘っていて断られたり了承《りょうしょう》をもらったりしている。

先日の女子二人は、どうやら逆に男子を誘っているみたいだ。誘われている男子がちょっとだけビックリして頬を赤らめている。

なるほど、修学旅行の班決めはこういう青春もあるのか。それはそれで面白《おもしろ》そうだ。

こういうのが修学旅行の醍醐味《だいごみ》なんだろうけど……学外に彼氏《かれし》がいる音更さん達はちょっとその辺が難しいんだろう。主に彼氏の心配という面で。

その気持ちはよく分かる……。非常によく分かる。

僕も七海が僕の知らないところで誰か男子と一緒になるのであれば、安心できる誰かが一緒にいないと気が気じゃないだろう。

「そういうことなら喜んで……なんだけど、僕がもう一人誘ってもいいかな?」

「ん?　あぁ、別にウチらは二人の間にお邪魔《じゃま》する身だから全然いいけど……」

「ごめんねぇ〜、二人っきりが良かっただろうけどさぁ〜」

そんなの無理に決まってるでしょ……分かりきって言ってきているなと思いつつも、確かに二人っきりなら……とちょっとだけ夢想する。

七海も僕と同様に「二人っきり……」とか呟《つぶや》いて妄想《もうそう》の世界に行ってしまったようだ。

そんな七海を元に戻して……僕等は二人で席を立った。

向かう先は……とある二人だ。さっきもそうだけど、誰かを誘うというのは勇気がいる話だ。それが、今までやってこなかったことならなおさらのこと。

だけどさっきも大丈夫だったんだからと、気持ち的にも楽になっていた。きっと今なら、スッと誘えるだろう。

「仁志……ちょっといいかな？　よかったら一緒《いっしょ》の班……」

「ＯＫだ!!」

食い気味に答えられた。

予想外でちょっと言葉に詰《つ》まってしまう。僕のその反応が面白いのか……仁志は快活に笑う。まるで、待ってましたと言わんばかりの笑みだ。

「いやー、やっと誘ってくれたか。遅《おそ》いよ！　誘われ待ちだったよ！　陽信が俺《おれ》以外の男子を誘ったらどうしようかと気が気じゃなかったよ……」

仁志は心の底からホッとしたと言わんばかりだ。いや、僕ってまだ仁志以外の男子とそこまで仲良くないからそれはないんだけどさ。

あぁ、なんか仁志が騒ぐから周囲から変に温かい目で見られ……。って先生が一番温かい目をしている。

やめて先生、確かにちょっと前に心配させちゃったけど……そんな初めて友達ができた子供を見るような目で見るのは……。いや、その通りなんだけどさ。

「……つーか、誘っといてなんだけど……いいのか？　せっかくの修学旅行なんだし」

「いやいやいや、大丈夫大丈夫《だいじょうぶ》。それにほら、俺が入ってやらないと陽信が男子一人で寂しいだろ？　やっぱり男子もいないとさ」

「いや、別に寂しいとかはないけど。でも……一緒なら楽しいかなとは思ったよ」

「お、おぉ……ツンからのデレが早い……！」

何を感動してるんだお前は。別にツンデレをやったわけではないのに、そういう解釈《かいしゃく》をするな。

即答《そくとう》してくれて嬉しいんだけど、なんかこうちょっとだけ誘ったの早まったかとか思い出してきたところで、周囲から野次《やじ》のような言葉が飛ぶ。

「あー、簾舞簾舞ー。そいつ今回の修学旅行はお前と行きたいって張り切ってたから素直に入れてやってー」

「こらバラすな!!　せっかくこう……なんか……カッコいい感じだったのに！」

「語彙《ごい》力がねえし別にカッコよくもねぇだろ」

周囲からの言葉に仁志は赤面して憮然《ぶぜん》とした表情を作る。まるで悪戯《いたずら》がバレた子供みたいだ。でもそっか、そう思ってくれていたのか。

一緒に行きたいと思ってくれる人がいるのは、凄くありがたい話だ。

「剣淵《けんぶち》くん、無事に誘えた?」

「あ、うん……七海の方は?」

「こっちも大丈夫、琴葉《ことは》ちゃん班に入ってくれるってさ」

指で丸を作る七海の後ろで、後静さんがいつもの半眼でピースサインをしていた。これで僕等の班は六人になったから……修学旅行の班は決まりだな。

クラス全員の集団行動に続き、班行動というものを僕がすることになるんだから世の中は何があるか分からないなぁ。

でも、楽しみにしている自分がいるのも事実だ。

「えへへ、楽しみだねぇ」

同じタイミングで七海から出たその言葉に、嬉しくなってくる。楽しみが倍増したような気持ちになって、これが二人なら楽しさが二倍になるってやつなのかな。

もしもそうなら、一人じゃなくて本当に良かったなぁ……って、なんだか改めて思ってしまう。別に一人を否定するわけじゃないけどさ。

「そういうわけなんだけど、音更さんと神恵内さんも大丈夫かな?」

「あぁ、剣淵なら全然問題ないわ。簾舞と同じくらい無害」

「だねぇ、委員長ならエッチだけど無害だねぇ〜」

僕だから……と言う理由で班に入ってくれた二人もあっさりと了承してくれた。なんかその反応を見て仁志は照れくさそうに頭に手をやっていた。

了承してくれた二人には悪いけど、彼女《かのじょ》欲《ほ》しいと言いまくってる彼《かれ》に対して意外な反応だ。てっきりめちゃくちゃ警戒すると思ってたのに。

まさか無害認定《にんてい》までされているとは思わなかった。

「というか、七海は大丈夫なのか？」

「あ、うん。私は大丈夫。事前に陽信とは話してたからさ」

七海も後静さんと一緒にピースサインを僕等に向ける。

僕としては七海が嫌《いや》がっていたら残念ながら……とも思っていたんだけど、思いのほかあっさりと七海は仁志を誘うのを許してくれた。

『陽信の友達だもん、大丈夫だよ。それにまぁ、剣淵くんだし』

あっけらかんと言った七海の姿からは、男子が苦手な女子という雰囲気は一切《いっさい》してこなかった。最近は少しずつ苦手意識も克服《こくふく》できているとも思ったんだけど……。

さっきの音更さん達の反応を見る限り、僕の知らないクラス内の積み重ねとかがあったのかもしれないなぁ。それはちょっと、羨ましい。

僕はピースサインする七海を見て、その時のことをちょっと思い出す。あの時、七海は仁志の参加を了承してくれてそのうえで……。

口を三日月の形に歪《ゆが》めて笑い……。

まるで音楽を奏《かな》でるように言葉を発した。

『それに、負ける気はないよ』

ぞくりとするような笑みで、僕は無意識に顔を笑みの形にしていたと思う。それが恐《おそ》ろしさからくる笑みなのか、歓喜《かんき》から来る笑みなのかは自分でも分からなかったけど。

その時のことを思い出して身震《みぶる》いする。

前にバロンさんから言われたことを思い出す。友情と愛情の優先度を間違《まちが》えちゃいけない……改めて肝《きも》に銘《めい》じないとな。

「いやぁ、女子一杯《いっぱい》の班で楽しいねぇ。眼福眼福──」

僕の気持ちも知らずに、仁志のやつめちゃくちゃテンション高いなぁ。でも確かに、男子二人に女子四人……と言うのはちょっとアンバランスでもある。

僕にとっては割と気楽なメンツなんだけどね。

「でもいいのかい？　女子全員がほぼ相手持ちの班だから、彼女の云々《うんぬん》は絶望的だけど」

「あー、大丈夫大丈夫。彼女作るなら旅行前なんで。だから彼女が出来たら口裏合わせとかよろしくな!!」

親指を立てた仁志だけど、修学旅行まであと少しなのに彼女を作れるのだろうか……?

僕の疑問をよそに、彼は僕と肩《かた》を組むと僕にしか聞こえないくらいの声で囁《ささや》いてきた。

「だからお前も……茨戸と二人きりになりたい時は言えよ……口裏合わせてやるから」

「ええっ……?!　アリなのそれ……?」

「アリだろ……。たぶん俺とお前で同じ部屋になるから……うまくやればホテルの部屋で二人っきりにできるぞ……俺も未来の彼女の部屋に遊びに行くからよ……」

「ホテルの部屋で……?」

会話をしながら我知らずしゃがんでいた。作戦会議のような、悪だくみのような、まるで悪魔《あくま》の誘惑《ゆうわく》のように魅力的《みりょくてき》な……希望に溢《あふ》れているような話が飛び交《か》う。

そんなことが可能なのか?　と思うんだけど、自信たっぷりなその姿に僕もなんだかそれができるような気がしてきた。

さっきとはまた別の……ワクワク感が……。

「ねぇ……」

「!?!?ッ」

「ウッ?!!?」

気づけば目の前に、僕等と同じようにしゃがんだ後静さんがいて僕も仁志も身体をビクつかせる。変な体勢だけど尻《しり》もちをつかなかったのを褒《ほ》めたくなる。

しゃがんだ後静さんは僕等に対して眠《ねむ》そうな半眼を向けてくる。何を考えているのかは窺《うかが》い知ることはできないけど……。

「私も一枚噛《か》ませて……。タクちゃんと二人きりになる時はよろしく……」

小さく手を挙げてくる後静さんに、僕も仁志も顔を見合わせて思わず笑った。真面目然としていた委員長である後静さんがそういうことを言うとは……。

なんとも面白いものだ。

「いいのか委員長……？　他クラスの男子は流石《さすが》にヤバくないか……？」

「大丈夫……バレても不良生徒のお目付け役とか何とか言い訳するから……」

「それならいいけどさ……俺等の時も言い訳頼《たの》むぞ……」

小声のままで仁志と後静さんの作戦会議が始まった。でもまぁ、委員長である後静さんが味方なのは心強い。

服装はギャルになっても、まだ後静さんへの先生方の信頼度《しんらいど》は絶大だ。最近だと弟子屈くんを更生《こうせい》させそうという方向で期待を寄せられているらしいし。

ここに奇妙《きみよう》な三人の同盟が組まれた……とでも表現すればいいんだろうか。そんな連帯感が生まれている。

「しゃがんで何してるの三人とも……？」

……まぁ、他のみんなの前でやってるからバレバレなんだけどさ。七海も僕の横でしゃがんで奇妙な一団がますます奇妙になる。

「うーん、作戦会議ってやつかな？」

「えー？　楽しそうだし私も入れてよー……というか、班の計画立てないとダメでしょ」

「……ごめんなさい」

「許すー」

ちょっとだけ叱《しか》られてしまった。確かにまぁ、班の半分の人間がしゃがんで内緒話《ないしょばなし》してるとかダメだよね……目立つし……。

なんか音更さん達は椅子《いす》に座って足を組んで、苦笑しつつも僕等に温かい視線を……いや、僕かなこれは。僕に送っている。ちょっと恥ずかしい。

気を取り直すようにコホンと咳《せき》ばらいを一つしつつ、僕は立ち上がる。七海はしゃがんだまま僕を見上げて、楽しそうに笑っていた。

なんかさっき小声で話していた内容も全部見透《みす》かされてる気分だ。

それじゃあ、班も決まったことだし……修学旅行の計画を話し合いましょうか。

幕間　ちょっとした目覚め

必要なものも買った、修学旅行の班も決まった、後はもう修学旅行に出発するだけ。だけど準備っていうのはしてもしてもし足りない。

必要なものを忘れてないかなとか、買い忘れは無いかなとか……不安感はぬぐえない。

だから今日は、陽信《ようしん》と一緒に荷物の最終確認《かくにん》をしている。

している……はずだったんだけど。本題から逸《そ》れて違《ちが》うことをやっちゃうのってよくあるよね？　お部屋掃除《そうじ》中に漫画《まんが》を読んじゃったりとか……。

今の私達を表現するとしたら、まさにそれかも。

「うわぁ、似合う似合う!!」

「そ、そうかなぁ……？」

サングラスをかけた陽信が照れくさそうにしてるけど、その声にはちょっとだけ何かを疑うような声色《こわいろ》が交じっている。

自分では似合っていないと思っていても、他人から見るととても似合っているということはよくある話だと思う。

　似合っていないと思うのは自身のコンプレックスだったり、なんだか違和感《いわかん》があったり、自分自身で納得できていない点があるから起きるんじゃないかな。

　少し前の私はギャル系のファッションはみんなの前で公開してて、おとなしめのは初美《はつみ》達の前でだけで披露《ひろう》していた。

　それでも、いちおう自分には似合ってるって思ってしていたファッションだ。

　それは自分自身の納得感もあるけど、周りのみんなが褒めてくれたってのもある。似合うとか可愛《かわい》いとか。それでファッションに対する肯定感が上がっていった。

　似合わなかったり変な時はやんわりと言ってくれてたし。こっちの方が似合うんじゃないとか、こっちの方が合わせとして自然だよとか。

　だから私はファッションに対して否定された記憶《きおく》があんまりない。

　まぁ、悪いことは忘れちゃってるだけって可能性もあるけど。

　だから陽信がファッションに対して消極的ってのは、実はあんまりピンときてない面もあったりする。陽信に似合っていればなんでもいいんじゃないって。

　初めて陽信の私服を見た時も、変には思わなかった。

　陽信は自分の格好を見て真っ黒だからとか言ってたんだけど、あれはあれで可愛い感じがして好きだったけどなぁ。似合ってたし。

ただ、初美達はちょっとだけ懐疑的《かいぎてき》で流石に全身真っ黒は……とは言ってたっけ。その辺の感じ方は人それぞれだからべつにいーけど。

私は基本的に、みんなが私にしてくれたように頭ごなしに人のファッションを否定したりはしたくないなって思ってる。

まぁ、あまりに奇抜《きばつ》なのは流石にツッコまざるを得ないけど。陽信はそういう服は着てないから言ったことはない。

だから私が似合うって言った時は、心の底から本心で思ったたってことだ。

そうなんだけど、今の陽信はそれを素直《すなお》に受け止められないみたい。

「ほんとに似合ってるよ。カッコいい。どうせなら集合場所とかにもかけて行っちゃう?」

「いや、それはちょっと恥ずかしい……」

サングラスをかけたままで陽信が照れくさそうに頬をかいている。前に一緒に買いに行ったサングラスで、別に今回が初見ってわけじゃないけど……。

それでも、似合ってるんだから何度でも似合ってるって言いたくなっちゃう。

嬉《うれ》しそうだけどやっぱりどこか照れというか……懐疑的にも見えるなぁ。

流石に付き合ってしばらくたっているからなのか、彼がどう思っているのかがなんとなく分かるようになってきた。

たぶん今の陽信は……嬉しいのに本当に似合ってるのかなって思ってる。

こればっかりは無理やりに矯正《きょうせい》しようと思っても難しいから、私は精いっぱいの言葉で陽信を褒めてあげるのだ。

陽信の自己肯定感が高まるように、私は全肯定で甘やかしちゃう。きっと彼も、素直に受け止めてくれる日が来ると思うから。

「ほんとに似合うよ？　サングラスっていいよねぇ、なんか普段《ふだん》よりも陽信がセクシーに見えてくるよ」

「これセクシー……なの？　目を隠《かく》してるだけなのに？」

「不思議だよねぇ、目を隠してるだけなのにー。私もかけよっかな」

私はサングラスを手に取ってみる。私もサングラスは買ったのは初めてだし、着けて出かけるのは初めてなんだよね。

だけどそこまでの照れは無い。たぶん、普段からピアスとかアクセサリーとか着けてるからそこまで違和感が無いんだと思う。

ようは慣れだ。陽信にはきっとその慣れがまだないんだと思う。

前に陽信から誕生日プレゼントでペアリングを貰《もら》った時、そんな話を聞いたんだよね。

アクセサリーを買ったけど、僕《ぼく》が着けてもいいのかなって。

全然良いに決まっているのに、なぜか躊躇《ためら》っているのが不思議だなぁって。というかペアリングなんだし私は普段から着けてほしかったりする。

なので、陽信の誕生日には別のアクセサリーをプレゼントするからちゃんと身に着けて慣れてねって言ったけど……大丈夫かなぁ？

その時はちょっと恥《は》ずかしいって言ってたけどさ。無理強《むりじ》いはしたくないけど、着けてほしいって私のわがままが顔を覗《のぞ》かせちゃってる。

今の彼の指にはペアリングは無かったりする。まぁ、私も今日は着けてないけどさ。

「ほら、どうかな？」

「うん、似合ってる似合ってる。可愛いしカッコいいし……」

こうやって人は素直に褒めてくれるんだよね。だったらもうちょっと自信持ってもいいと思うんだけどなぁ。

いつかお揃《そろ》いの、ピアスとか着けてみたいかも。

私はサングラス越しに陽信の耳元に視線を送った。今はまだ、何も着けていないその耳。いつか私が……ピアスの穴を開けてあげたい。私の手で。

痛く無いように彼の耳に穴を開けて……その貫通《かんつう》した耳に私が選んだお揃いのピアスを

着ける。

なんだか……すごくいい気がする。想像するだけで背筋がゾクゾクとする。寒気じゃなくて、快感で……。

なんだかそれがすごく……すごくいけないことのような気がして、私は首を振《ふ》った。

まるで自分の中の考えを否定するように。

「あー、でも確かに……セクシーに見えるね。うん、七海《ななみ》がいつもより色っぽく感じるよ」

不意に褒められて、私は我に返った。今は陽信の耳を見ている場合じゃないや。それはまた今度ってことで……。

私はかけていたサングラスをちょっとだけ下げると、そのまま可愛く見えるように彼を上目遣《うわめづか》いで見る。

前にピーチちゃんから教わった、ちょっとだけあざといポーズだ。なんでそんなポーズを彼女が知ってるのかは……聞いてないけど。

「えへへ、また陽信とお揃いの物が増えたのは嬉しいなぁ」

今度は前に見たモデルさんっぽいちょっとしたポーズを取る。確かセクシーなグラビアのポーズだったから、陽信にもセクシーに見えているはず。

見惚《みと》れてくれていると嬉しいなぁ……と思いつつ、サングラスならビキニを着ればよかったかなとちょっとだけ後悔《こうかい》した。

たぶんハワイだとビキニにサングラスだから、そっちの方が自然だよね？　部屋の中でってのは不自然だけどさ。

……今からでも着替《きが》えるかな？

「でも、サングラスにペアがあるなんて知らなかったよ。七海は知ってたの？」

「んーん、知らなかったよー。ペアってだけでテンションあがるよねぇ」

そうなんだよね、今回の物はサングラスでお揃いってだけじゃなくて……正真正銘《しょうしんしょうめい》のペアルックのサングラスなんだよね。

眼鏡屋さんで色々と迷ってはいたんだけど、カスミさんがペアのもあるけどどうするって言われて即決《そっけつ》だった。

形としてはオーソドックスなやつで、男女どちらでも使えるもの……だからペアとして売り出してたのかなぁ。

カップルだけじゃなく親子や友達同士でもペアで買う人は多いらしくて、人気のあるものをカスミさんは勧《すす》めてくれた。

陽信はどうかなって思ったんだけど、彼は特にサングラスにこだわりが無いから私が気に入ったならそれにしようかと言ってくれた。

お値段も手頃《てごろ》だったしね。即断即決《そくだんそっけつ》。サングラスの購入《こうにゅう》はそれで完了《かんりょう》。

……色々と私の眼鏡エピソードも陽信に聞かれたのは誤算だったけど、非常に有意義な買い物だったなぁ。

私はそんな中で、彼が持ってきたものの一つを視界に入れた。

「ねぇ、陽信……じゃあこれもかけてみて？」

そう言うと、私は彼にちょっとだけのしかかるように身体を密着させた。少しだけ後ろに身体をのけぞらせた陽信が、サングラス越しに私に視線を落とす。

サングラス越しで彼の瞳《ひとみ》は見えないのに、視線は感じている。見られていないのに見られているような……。

これヤバいね。頭がバグる。おかしくなりそう。

陽信はゆっくりと後ろに倒《たお》れこんで、そのまま私のベッドに寝転《ねころ》がる。まるで押《お》し倒したようになったけど、とても優《やさ》しく……ゆっくりとしたからいいよね。

私は彼が寝転がったのを確認すると、まるで膝枕《ひざまくら》するように陽信の頭の位置に移動した。足を折りたたんで正座して、近くから彼の顔を覗き込《こ》む。

視線を感じるけど、サングラス越しの視線はいつもとは違っていて不思議だ。

私はそのままゆっくりと彼の顔にあるサングラスに触《ふ》れる。そのつるの部分を手に取ると、ゆっくりと彼の顔から引き抜《ぬ》いた。

それはまるで、衣服を脱《ぬ》がせるように優しく……彼の目を露出《ろしゅつ》させた。

サングラスを取る……その行為《こうい》がまるで性的なものであるかのように。

意識したらちょっとだけ恥ずかしくなっちゃった。頬《ほお》が熱いや。上気する頬を、まるで興奮を抑えるように無視して……柔《やわ》らかな手つきで完全にサングラスを取った。

いつもの陽信の顔はちょっとだけ困惑《こんわく》してた。かけてる方に違和感があって、かけてない状態がいつものものなんだけどね。

困惑したままの陽信に、私はかけてみてと言ったものを手に取り差し出す。

一本の……普通《ふつう》の眼鏡だ。

「まだちょっと違和感あるんだよなぁ……」

「ちょっとだけ、ほんのちょっとだけでいいからさぁ……!!」

眼鏡を受け取った陽信がちょっとだけ躊躇ったので、私は両手をパンと鳴らしてお願いのポーズを作る。お祈《いの》りするような気持ちでお願いする。

その眼鏡は修学旅行とは無関係に買ったものだった。眼鏡屋さんに行って、色々と試着させてもらっている中で陽信が思い切って購入していた。

彼曰《かれいわ》く……生まれて初めて単純にオシャレのために買った眼鏡。そんな記念すべき購入の時に私は一緒だったのがすごく嬉しかったりする。

あと、それを言った時の陽信の照れ顔が可愛かった。

どこかくすぐったそうな、何かに耐《た》えているようなその表情を見て……その場で抱《だ》きしめなかった点は自分を褒めてあげたい。

あれはカスミさんのセールストークもすごかったよなぁ。

今なら二本目を作ると半額になりますよって話して、陽信に似合いそうな眼鏡を探してきてくれた。ちょっと丸っこい、オシャレな形の眼鏡。

あの時、かけて見せてくれた陽信にそれはぜひとも……普段も見せてほしいなってお願いしちゃったんだっけ。

それが決め手になったのか、陽信は眼鏡を買うことを決めていた。我ながらあの時は浮《う》かれすぎだった気もする……ちょっと反省。

「……どうかな？」

私のお願いを聞いて、眼鏡をかけた陽信の頬はちょっとだけ赤かった。ベッドに寝転がったままなので、見上げる形になってるけど……その表情はなんだか色っぽかった。

「良い……!!　良すぎる……!!」

思わず目元を押さえて……私は今視界に入った姿を堪能《たんのう》するように噛みしめる。もっかい見るんだけど、眼鏡の陽信が私のすぐ近くに……。

私別に、眼鏡男子がツボとかじゃなかったんだけどなぁ。これは良いなぁ……。

前に初美達が言ってたっけ。眼鏡は……すごいって。

もしかしたら二人も、音兄《おとにい》と修兄《しゅうにい》にかけてもらっていたのかも。ここまでの破壊力《はかいりょく》とは思わなかったよ。凄《すご》いよこれ……。

ひとしきり堪能した後、私は陽信の頭を胸のあたりに抱《かか》えながら彼を撫《な》でた。眼鏡にダメージが行かないように、軽く抱えて。

「眼鏡姿、可愛いねぇ。丸っこい眼鏡なのもいいなぁ、陽信に似合ってる」

「……ありがとう」

お礼は大事だ。お礼を言われると、またしてあげたくなっちゃう。人によっては何でもしてあげたくなってしまう。

だけどお礼が目当てになったらダメだ。それは見返りが無かった時に不満になるし、見返りを最初から求めるのは愛じゃない……。

でもお礼を言われると嬉しい。難しくて矛盾《むじゅん》してるよね。

だけどきっと陽信は、たとえ照れくさくても、ありがとうって絶対に言ってくれる。相手に対して自分が嬉しいということを伝えることができるのはいいことだ。

だから私は、彼のそういう率直《そっちょく》なところが好きなんだ。

「それ、ハワイにも持っていく？」

「どうしようかな。基本的に昼間はサングラスだろうし、あんまかける機会はないよね。荷物になるから置いていく方が無難かなって」

眼鏡を外そうとしたから、私はもうちょっとって思わず手で押さえてしまった。もしかして私って眼鏡フェチに目覚めちゃったのかな？

それだと陽信以外がかけてても喜ぶことになるか。じゃあ違うかな。

「悩《なや》ましいよねぇ。ハワイのホテルでも眼鏡の陽信が見たいけど、私だけで独《ひと》り占《じ》めしたい気持ちもある」

「そんな大げさな……。でもまぁ、下手に眼鏡だと騒《さわ》がれて落ち着かない気はする」

「カッコよくて？」

「珍しい方で」

本心から言ったんだけど、陽信はゆっくりと眼鏡を外しちゃった。ただ、その外す仕草がなんだか妙《みょう》にカッコよくて、ちょっとだけ複雑な気持ちになる。

そうか、眼鏡って外す時の仕草も重要なんだね……。

「ほらほら、他にも必要なものを確認しないと……」

「う～……そうだねぇ……。あ、今度のデートは眼鏡かけてしようねぇ」

「えー……照れくさいなぁ……」

ちょっとだけ嫌がるそぶりを見せてきたので、私は上目遣いであざとくおねだりするようなポーズを取った。

彼の身体に密着して、少しだけ顔を上に向かせて上目遣いで、眉《まゆ》は下げて悲しそうな表情を作り、両手は私の胸のあたりで祈るように合わせる。

「……どこで覚えたのそんなポーズ？」

「これはこの間、琴葉《ことは》ちゃんから」

「……こんどね」

「やったぁ」

陽信から今泣いていたカラスがもう笑う……と呆《あき》れられちゃった。それくらい嬉しかったんだからしょうがない。

まぁ、あんまりやりすぎると嫌がられるからたまにね、たまに。琴葉ちゃんもこれはここぞという時だけ使うって言ってたし。

確かに、今日はこういうことばっかりしてても仕方ないもんね。ちゃーんと準備不足がないかどうかを確認しないと。

パスポートに各種書類、学生証に修学旅行のしおり……そんな必須《ひっす》の物から、充電器《じゅうでんき》や日焼け止めなどのあれば便利な物……。

サングラスも、どちらかというと便利な物の部類かな。他にも色々と準備する物はあるし……。お小遣《こづか》い貰ったけど、やっぱり海外はお金がかかるなぁ。

「ハワイ旅行ってのは何かとお金がかかるものなんだねぇ……」

陽信も同じ気持ちになったのかしみじみと呟いた。

「ちゃんと行けることに感謝だよねぇ」

「本当にそうだね……。一年の時は修学旅行に行くつもりなかったから余計にそう思うよ」

「え、そうなの？」

あまりにも唐突《とうとつ》な爆弾《ばくだん》発言に、私は固まってしまう。いや、ほんとになんで？　私の中の考えとは違っていて、私は彼の次の言葉を待った。

陽信は何かを思い出したようにちょっとだけため息をついて、身体を大きく伸《の》ばす。そしてそのまま、起こした上半身をベッドに倒れこませた。

私は彼の横に、今度は添《そ》い寝《ね》する。ちょっとだけ空間が開いていて、その隙間《すきま》がなんだかくすぐったい気がした。

なんか今は、ぴったりくっつくのは違う気がしたから。

「どうせ行っても一人でゲームするだけだしなって、一年の時に修学旅行は行かないって母さん達に言ってたんだよねぇ……」

そんな旅行はつまんないしねって、陽信は少し悲しそうに笑った。昔の話なのに、今も悲しそうな……寂《さび》しそうなのはなんでなんだろうか。

彼はそのまま、当時のことを話してくれた。

当時の志信《しのぶ》さん達も今の私みたいに、ちょっと寂しそうにしていたらしい。ただ陽信はなんでそんな顔をされるのか分からなかったみたい。

たいした楽しみもないのに旅行に多くのお金を使うのはもったいないって、そう告げてたみたい。だけど志信さん達はそう思ってなかったみたいで……。

だから、こんなことを言われたって。

『無理強いはしないけど、気が変わるかもしれないから準備だけはしておくわよ』

『そうそう。今後……行きたいと思うような出来事があるかもしれないから』

その時に陽信はどんな返事をしたかは覚えてないらしい。たぶん、そっけなく『そう』としか返さなかったんじゃないかって。

「……今は楽しみなんだよね？」

ちょっと心配になったけど、きっと今は違うはず。楽しみだって言ってたんだし……。

だけど、改めて私は言葉で聞きたくなった。

陽信は笑って「楽しみだよ」って答えてくれる。あの時の父さんと母さんの判断は正しかったんだなぁって、懐《なつ》かしむように呟いた。

「本当に……両親のありがたみを感じるなぁ。同時に過去の自分の愚《おろ》かしさも」

「私が行きたい理由になれたってことで……いいのかな？」

陽信はキョトンと目を点にした。その表情はまるで簡単な問題に質問をしてきた子供を見るような……でもどこか可愛らしいものを見るような目だ。

彼は優しく私を撫でてくれる。

「もちろんだよ」

その一言で、私は嬉しくなった。陽信の理由になれたことがすごく嬉しいし、一緒に行けることに……改めて感謝したくなった。

「まぁ、僕の場合は強がってたってだけな話で純粋《じゅんすい》に行きたくない人もいるだろうけどね
……って、七海なにしてるのさ」

「志信さん達にお礼を送ってます」

「なんで……？」

「おかげで陽信と一緒《いっしょ》に修学旅行に行けますって」

志信さん達が準備してくれていたから、陽信の気持ちが変わっても一緒に行けるんだって思ったらいてもたってもいられなかった。

別に私のためじゃないってのは分かってるし、私がたまたま陽信と出会って、陽信が修学旅行に行くってなっただけだ。

ちょっと自意識過剰《かじよう》でもあるけど……それでも、お礼を言わずにはいられなかった。

「僕も……母さん達に言おうかな。行きたくなる理由ができたよって」

「え？」

「改めて言うのはちょっと照れくさいけどね」

私はいてもたってもいられなくなって、添い寝の時に空いていてほんの少しの空間を飛《と》び越《こ》えて彼に抱き着いた。

彼の身体に自分の身体を密着させて、彼の身体の感触《かんしょく》を堪能する。伝わってくる熱がそのまま、彼の気持ちの熱のようだ。

私の熱も彼に伝わっているんだろうか。

そう考えたら、今着ている服が邪魔《じやま》なような気がしてきた。直接的に肌《はだ》と肌を合わせたら、もっと気持ちが伝わるんじゃないかって。

いや、ダメだダメだ。それは我慢《がまん》だ。変な思考になってるぞ私……。

……でも……水着にしとけばよかったかなぁ。荷物に視線を落として、私は用意している水着を視界にいれた。

前に買った水着。これも可愛くていいけど……ハワイ用にもっとセクシーなやつを新調するか……？　いや、でもそれだと修学旅行には適さないかな……？

彼に抱き着きながら迷っていると……スマホが鳴った。

音で反射的に離《はな》れることはせずに、私はゆっくりと陽信から少しだけ離れてスマホを手に取る。彼の手が私の身体に触れていて、そこが熱かった。

だけど私はスマホの画面を見た瞬間《しゅんかん》……飛び上がった。彼から離れることで失う熱以上の熱が私を襲《おそ》う。

「……七海？」

私の反応を見て不思議そうにする陽信に、私は無言で画面を見せた。そこには……志信さんからの返事が表示されていた。

『修学旅行楽しんでね。私達も新婚《しんこん》旅行でハワイに行ったから、今回のはプレ新婚旅行といったところかしら？』

それを見た陽信の反応は……言わずもがなだった。

第四章　いざ、修学旅行へ

ハワイに修学旅行に行く。僕はその意味を正しく理解していたつもりだったし、当然七《な》海《み》もそうだったと思う。

だけど意味っていうのは人によって変わってきて、同じことでも人によっては思いもよらない考え方や意味を持たせることもある。

そしてそれを知ってしまったら、知らなかった、気づかなかった時には戻《もど》ることはできないんだ。常にそれが頭をチラつくことになる。

何かって言うとさ……。

「バロンさん、新婚旅行ってどこに行きましたか？」

『新婚旅行？　確かハワイに行ったかなぁ。楽しかったよ』

「あぁ……やっぱり……」

『え？　待って待って、なんで僕の新婚旅行先で絶望してるのさ』

いや、これはバロンさんは絶対に悪くない。悪くないんだ。僕が勝手に絶望……いや、絶望じゃないんだけどそれに近い声を上げてしまっただけだ。

たぶん、バロンさんもピーチさんも僕の反応にビックリしていることだろう。僕もビックリしているんだ、意味が違うけど。

こうしてボイスチャットで相談するのも久しぶりだ。最近は七海とのデートやら試験勉強、学校行事やらで忙《いそが》しくて、話すヒマもなかったからなあ。

ゲームはちょこちょこはやってたんだけど。僕はマルチタスクができるほどに器用じゃないから、どうしてもリアルが優先になってしまっていた。

こうしてゆっくり話すのも久しぶりだ。そのことをバロンさんは寂しいけど仕方ないし、まずはちゃんと生活を優先しなと言ってくれた。

ありがたいと同時に、今までどれだけ学生生活をないがしろにしてたんだって心配もされたけど……いやほんと、心配かけて申し訳ないです。

「あのですね……こんど修学旅行でハワイに行くことになりまして」

『へぇ！　ハワイ?!　いいねぇ、学校行事でハワイとか羨《うらや》ましいよ。僕が学生の時も、他校がハワイとか沖縄に行ってるのが羨ましかったなぁ』

『ハワイですかぁ。私はちっちゃい頃《ころ》に行って以来ですねぇ。うろ覚えですけどなんか楽しかった記憶はあります』

ピーチさん、行ったことあるんだ。バロンさんもちょっと驚《おどろ》いている。もしかしてピーチさんってお嬢様《じょうさま》なんだろうか……？

意外な情報に驚いている場合じゃないや。僕は気を持ち直して、続きを説明する。

「そして先日……うちの母親からハワイだからプレ新婚旅行だねと言われてしまいまして」

『わぁーお……お母さんからのそれは……ちょっと気恥《きは》ずかしいね』

『わぁ！　プレ新婚旅行とか素敵《すてき》じゃないですか!!』

男性と女性の反応の違いに戸惑《とまど》ってしまう。バロンさんはどちらかと言うと僕寄り、ピーチさんは純粋にプレ新婚旅行という響《ひび》きに喜んでいるようだ。

僕も全然意識してなかったんだけど、調べるとハワイは新婚旅行で人気のある行き先ランキングで堂々の一位を取っている場所なんだよね。

なんで今までそれを結び付けてなかったのかが不思議なくらいだ。

もちろんハワイと言っても広いし、色んな場所はあるし、一概《いちがい》にハワイイコールで新婚旅行とはならないとは思うんだけど……。

それでもこうして二人の事例を見たらハワイが新婚旅行の場だって強く思ってしまう。と言うか、七海もたぶんご両親に聞いてるんじゃないかなぁ。

そうなるとその……。修学旅行中もことあるごとに新婚旅行ってワードがチラつきそうなんだよね。いや、冗談抜《じょうだんぬ》きで……。

別にそれは悪いことじゃないんだけどさ。まだそういうことは一切《いっさい》してないのに新婚旅行の予行練習みたいになるってのは、ワクワクすらする。

ただ、そうなると必然的に僕も七海もテンションが上がるわけで。テンションが上がるってことは、その分僕も七海もイチャつきたくなるわけだ。

これはごく自然な欲求だろう。修学旅行とか言ってたのが一転、プレ新婚旅行とか言われてみてよ。絶対世のカップルはそうなるって。

そうなってくるとごく自然に、ごく自然に二人きりになりたくなったりするわけだよ。

先日先生からちょこっと注意されたっていうのに。

つまり、修学旅行中に余計な横やりが入ってきてしまう可能性が高くなる。

そうなるとせっかくの新婚旅行が台無し……違う、修学旅行だ。ダメだ、僕もさっそくそっちに引っ張られてしまっている。

だからこそ、新婚旅行とかは知りたくなかったというか……。

「というわけでまぁ、修学旅行をちゃんと楽しめるか心配でして」

『久々にネガティブなキャニオンくんを見た気がするなぁ』

僕もこの感覚は久しぶりです。考えすぎだってのは分かりきってるんですけどね、それでもこう心配になっちゃうわけですよ。

旅行テンションで、自分がやらかさないか。

「ここ最近もずっとハワイでのデートスポットと言いますか、新婚旅行で行くならこの場所とか、そういうのばっかり調べてるんですよ」

『ええ、それはいいことじゃないですか。二人で行っても……』

「いやいや、修学旅行の行き先は決まってるから行けないんだよね」

僕は修学旅行のしおりを手元に持ってきて開く。そこには旅行先の日程とか準備、注意事項《じこう》が書かれている。非常に大切なしおりだ。

そこには自由時間があんまりない……というか、海外だからか下手に自由にさせたら大変だってことなんだろうな、自由な行動時間があまりなかった。

あるとしたら、滞在先《たいざいさき》での自由時間か。十分に時間は取られているけど、別にそこがカップルで行きたい場所かと聞かれればそうじゃない。

当たり前だよね、修学旅行だもん。

「というわけで、過去最高にハワイへの意欲が生まれているのに……過去最高に修学旅行が心配になっています」

『うわぁ……なんとも贅沢《ぜいたく》な悩みだぁ……』

なんかいい方法ないですかねぇ。こうしている今も、僕はハワイのスポットとかを調べてしまっていたりする。

後はハワイ旅行の注意点とか体験談とか……そういう話も調べていたりする。ネット上で調べた豊富な体験談でも、修学旅行を新婚旅行に見立てた話は無かったけど……。

『というかさぁ、別に開き直って楽しんじゃえばいいじゃない。いいじゃないの、少し早めの新婚旅行。お互《たが》いの愛も深まるってものでしょう』

「そうなんですけどね、修学旅行で新婚旅行かってくらいにイチャついてる二人がいたら……バロンさんならどう思いますか？」

『リア充爆発《じゅうばくはつ》しろって思うね。かと言って、もうどうしようもないでしょ。知らなかった頃には戻れないんだからさ』

それもその通りだ。知識を得てしまったら、知る前には絶対に戻れない。知らないふりはできるかもしれないけど、見る人が見れば分かってしまう。

そういう意味で、僕はもう戻れないわけだ。

『でも、シチミちゃんも楽しみにしてるんですよね？　じゃあ、もう開き直っちゃった方がよくないですか？』

ピーチさんもバロンさんと似た意見のようだ。実際問題、僕ももうそれしかないとは思っているんだよね。

ただ、誰《だれ》かに吐《は》き出したかったんだよ……。

『ちなみに、班行動が基本だと思うんだけど班のリーダーは誰がやるの？』

「友人がやってくれることになりましたよ。もともと委員長やってるやつなんで、今回は自分に任せろって」

僕等は何をするかってのは話し合って決めたけど、それの提出とか色々なとりまとめは仁志《ひとし》がやってくれている。非常にありがたい話だ。

本人は僕が学校祭で頑張《がんば》ったし、体育祭でも色々と頑張ったからここは俺《おれ》に任せてくれと言ってくれてたっけ。

『旅行中は思う存分、茨戸《ばらと》とイチャついてくれ』

親指を立ててサムズアップしながら言われた言葉を思い出した。そういえば新婚旅行云々《うんぬん》の話題が出る前からそんなこと言われてたっけ。

リーダーがそう言ってくれてるんだから……全力で楽しまないとこれは失礼に当たるのではないだろうか。こじつけかもしれないけど。

「こうなったら……逆に沢山《たくさん》情報を仕入れて楽しみましょうかね。怒《おこ》られたらその時に全力で謝《あやま》ります。謝ればたいてい何とかなるでしょう」

『お、いいね。そういう前向きな方がキャニオンくんっぽいよ。まぁ、高校生らしい節度を持った範囲《はんい》であればそうそう怒られない……』

「というわけで、バロンさんが新婚旅行行った時の話を聞かせてもらえますか。アドバイス的に。実の両親には聞きづらいんで」

『あ、それ私も聞きたいです。あと、うちの両親がハワイでやってたこととかも言えますから参考にしてください』

おぉ、ピーチさんからもぜひともお話をお聞きしたいところ。こうなったらもう情報を沢山調べて、知識として蓄《たくわ》えてやろう。

そして今回の修学旅行の位置づけを……修学旅行兼《けん》プレ新婚旅行にしてしまおうじゃないか。今回の反省点は……いつか来るかもしれない本番のためと考える。

誰かに言ったら笑われそうだから、なるべくこれは言わないでおくけど。

『……焚《た》きつけたのは僕だから、こうなったら喋《しゃべ》るけどね。あと、失敗談とかも伝えておくよ。今も同じかは分からないけどさ』

それから僕はピーチさんと一緒にバロンさんの新婚旅行話をゆっくりと聞く。途中《とちゅう》からはバロンさんも興が乗ったのか、奥《おく》さんの惚気《のろけ》話を交えていた。

ピーチさんの話も興味深かった。ピーチさんは当時のことをよく覚えてないけど、両親が昔話として懐かしむから覚えてしまったんだとか。

もしかしたらそのうち、父さんと母さんも当時のことを僕《ぼく》に話してくるかもなぁ。

話し終えたバロンさんは、どこか満足そうだった。僕も七海に色々と話をするのが今から楽しみだ。

気持ちは決まった。後はちゃんと……七海と楽しむだけだ。これで本当に準備は完了といったところかな。

「バロンさん、ピーチさんありがとうございます。参考にしますね」

『いえいえ、修学旅行楽しんでくださいね』

『うんうん、せっかくの青春だ。楽しむといいよ。それにしても……偶然《ぐうぜん》って面白《おもしろ》いねぇ』

「偶然？　なにかあったんですか？」

今の話題で偶然っていうとハワイに関することだけど……。もしかしてバロンさんもハワイに行くとか？　そうなると本当に凄い偶然だな。

時期が全く同じだったらオフ会みたいに会えたりするんだろうか。いや……流石《さすが》にハワイは広いだろうし無理か。

ゲームで仲良くしているみんなとはまだ会ったことがないから、いつか会ってみたいかも。

『うちの奥さんも同じくらいの時期に仕事でハワイに行くって言ってたんだよねぇ。僕も一緒に行きたくなっちゃったよ。あー……寂しいなぁ』

「おぉ、奥さんの方でしたか。確かにすごい偶然ですね。てっきりバロンさんがハワイに行くのかなって」

『残念だけど、僕は難しいかなぁ。うん……いや、まさかね。うん、きっと偶然だろう』

「奥さんって何の仕事されてるんですか？」

『学校の先生だよ。養護教諭《きょうゆ》をやっているんだ』

その瞬間、僕の頭の中にうちの学校の名物養護教諭……保健室の先生の顔が思《おも》い浮かんだ。いえーいってダブルピースで。僕にアレを渡《わた》した先生だ。

バロンさんもちょっとだけ言葉に詰《つ》まっている。なんだかここでそれに言及《げんきゅう》するのは……ちょっとだけ、ちょっとだけ躊躇われた。

……まさかね、偶然だろう。

そう結論付けて、僕もバロンさんもこのことについてはこれ以上の言及はしなかった。

その後も僕は、バロンさん達にハワイに行く際の注意事項とかを色々と聞いて準備を進めるのだった。

◇◇◇◇◇◇◇◇◇◇

バロンさん達との話が終わり、七海と電話で話をする。この流れも随分《ずいぶん》と久しぶりな気がする。少し前はこれがルーティーンになっていたんだよなぁ。

七海に電話をかける。寝落《ねお》ち通話とかでビデオ通話もかなりするようになったんだけど、それでもこうして電話をかけて彼女《かのじょ》が出るまでの時間は気が引き締《し》まる。

今日はいつもより出るのがちょっとだけ遅《おそ》いようだ。いつもほぼすぐに通話に出てくれるけど、たぶんこっちの方が普通なんだろうな。

ちなみに、寝落ち通話は頻度《ひんど》を意図的に落とすことにした。散々やって少しは満足できたのもあるけど、なによりも日常生活に支障が出てしまうから……。

なので今は、寝落ち通話は基本的に翌日が休みの時にするようにしている。

後はまぁ、七海がどうしても眠《ねむ》れないって時にはかかってくるかな。基本的に僕は枕元《まくらもと》にスマホを置いてるのでそういう時は即出だ。

『もしもし、陽信《ようしん》ー。ごめんね、ちょっと出るの遅くなった』

「あぁ、いや。大丈夫《だいじょうぶ》だよ。どうしたの？」

『ちょっと水着を着てたんだよね。今、上が半脱ぎ状態で……』

「うん、すぐにちゃんと着ようか……って、それで通話して風邪《かぜ》ひかない？」

『すぐに服着るし、これからお風呂《ふろ》入るから大丈夫だよー』

せっかくの旅行前に風邪を引くとかシャレにならないからね……。それなら安心かな？

それにしてもなぜ水着……とは聞かない。ハワイに行く前にきっと最後に確認《かくにん》として着ていたんだろう。きっとそうだ。

ちょっと待ってねぇとと言う声と共に、七海の声が遠くなる。

……遠くなる？

あれ、ちょっと待って。なんで音が聞こえるんだ。保留にしてない？　僕はスマホを顔から離して画面を見て目を見開いてしまった。

スマホの画面が……七海の部屋になってる。

しまった。どうやら寝落ち通話の時の癖《くせ》でビデオ通話でかけていた……。完全に無意識の行動だった。もしかしたら寝落ち通話のことを考えてたから……？

いや、寝落ち通話のことを考えてたのは電話かけてからか。

とか言ってる場合じゃない。今はスマホを……あぁ、いやでも大丈夫なのか？　今画面は七海の部屋の天井《てんじょう》だけを映している。彼女の姿は写っていない。

これならわざわざ指摘《してき》してしまうよりは……。

『よーしん、見えてるー？　これどうかな？』

「うぇっ⁈」

いきなりスマホの画面が動き、七海の全身像を露《あらわ》にする。前にナイトプールの時に着ていたビキニ姿で、下はショートパンツと上にはシャツを着た姿だ。

シャツは前が開いていて、水着の上部分を露出してる。下のショートパンツは太ももまで露出したデニム生地《きじ》のものだ。

それに髪《かみ》の毛にはシュシュを着けて、サングラスを装着している。

『ビーチとかプールではこんな感じで過ごそうかなぁって思ってさぁ。ショートパンツがちょっとお尻《しり》見えそうだから、もうちょっと長いのにしようかな？』

七海はその場でくるりと回ると、お尻を突《つ》き出して画面に向ける。確かに、お尻を突き出したらほんの少し……ほんの少しだけその……見えてしまっている。

「そうだね……修学旅行ならもうちょっと露出少なめの方が安心かもね……」

『えへへ、やっぱりそうだよねぇ。ちなみに陽信はどんなショートパンツ好き？　もうちょっとセクシーなのもあるよ』

それ以上があるんですかっ⁈

今でも十分にセクシーだっていうのに、どうなっているんだ。と言うかそれはショートパンツなのか。そんなけしからんものを人目に晒《さら》しては……。

「それは……今度見せてね」

『うん、今度見せたげる』

欲望に抗《あらが》えなかった僕の答えに、七海は満面の笑《え》みで……無邪気《むじゃき》な子供みたいに答える。まるで母親に見て見てとせがむ時の女の子みたいだ。

でも見せようとしてるのはショートパンツなんだよなぁ……。ギャップがすごい。

「いや、それよりもどしたのさ？　いきなりファッションショーみたいなの開催《かいさい》して。凄く似合うし可愛《かわい》いけど」

サングラスが似合うファッションを確認したかったんだろうか？　やっぱりサングラスは着こむよりもある程度露出のあるこういう薄着《うすぎ》の方が似合ってる気がする。

あくまでも僕の感想だけど。

『いやぁ、お母さん達《たち》の新婚旅行の話を聞いたらいてもたってもいられなくなって』

「あぁ、なるほどね。じゃあやっぱり睦子《むつこ》さん達も？」

『うん。新婚旅行はハワイに行ったんだってさぁ。今も同じか分かんないけど、当時はこんな感じのカッコでビーチを歩いてたんだってー』

クルクルと踊《おど》るように廻《まわ》るたびに、七海のあちこちが揺《ゆ》れていた。いや、髪ね、髪の毛とか上に来ているシャツとかね。

シャツは半袖《はんそで》のもので、割と派手な柄《がら》の赤いシャツ……あんまり見たことがないやつだなぁ。新しく買ったんだろうか？

『このシャツもねぇ、当時のお母さんが買った思い出のアロハシャツなんだって』

七海は嬉《うれ》しそうに、ヒラヒラとシャツを両手ではだけさせる。そのたびに七海の肌の露《ろ》出《しゅつ》が増えたり、チラチラと隠《かく》れているところが見えたり……目の毒だ。見るけど。

でもそっか、ハワイ経験者ならそういうのを持っているよな。もしかしたら母さん達も持っているんだろうか……。

照れくさくて聞けていない僕と、そういうことを聞ける七海の差が出た気がする。もしもそういうのがあったなら……、なんか本当に新婚っぽいかも。

いや、それは考えすぎか。

『それでねぇ……これもあるんだよー』

嬉しそうな七海はその手に一枚のアロハシャツを手に取ると、僕に見せるように広げた。

七海の着ているアロハとデザインが似ていてこっちは青色のシャツだ。

けっこう大柄《おおがら》なもので、一目で男性用のシャツだと分かる。

『お父さんが着ていたシャツなんだってさぁ。二人とも物持ちいいよね、新婚旅行の時のを取ってあったんだって』

「確かに物持ち良いねぇ……十年以上前の物って僕、持ってたかなぁ……？」

ほとんどない気がする。処分したりとか、失くしたりとか……。たぶん思い出があんまりないからってのもありそうだ。

七海との思い出のあるものはたぶん、ずっと残していく気がする。

『それでね……陽信、修学旅行でこれ着てみない？』

「え、それっていいの……？」

『うん。お父さんとお母さんにその……プレ新婚旅行のことを言ったら……ぜひ持って行って着てくれって言われまして……』

あ、それ言っちゃったのね……。てっきりその話は隠したうえでハワイのことを聞くのかと思ったんだけど。

でも僕もバロンさん達に言ったから、話の流れで出ちゃうか。それで面白いと思った睦子さん達がって流れかぁ……。なんか想像つくな。

「じゃあ、ありがたくお借りしようかな」

『わーい、じゃあ私の荷物に入れておくねー』

アロハシャツを一瞬《いっしゅん》だけギュッと抱《だ》きしめた七海は、嬉しそうに大切そうにそのシャツをベッドの上に並べていた。よく見ると、色んな服も並べている。

改めて確認してたのかな……ってなんか……とんでもない露出の服も置かれてないか……？　あれ？　紐《ひも》……？

とりあえず、見なかったことにしようかな。

そういえばうちの母さん達は昔の何かって持っているんだろうか？　そう思ったからなのかは分からないけど、不意に部屋のドアがノックされた。

「陽信、ちょっといいかしら？」

母さん……珍《めずら》しいな。どうしたんだろうか？　七海との話し中だけど、その珍しさから僕は七海にちょっと待ってと言ってドアを開ける。

「どうしたの母さん？　珍しいね、こんな時間に僕の部屋に来るとか」

「七海さんの声が聞こえてきたけど……今大丈夫かしら？」

母さんの声が聞こえたのか、スマホから七海の声が聞こえてくる。母さんへのお礼と挨《あい》拶《さつ》で、母さんはそれにこたえるように軽く挨拶をした。

せっかくだし、ちょっと話す？　と言ったんだけど、二人きりを邪魔したら悪いからと固辞された。てっきり七海と話しに来たのかとも思ったけど違《ちが》うのか。

ふと母さんの手元を見ると、なんか見慣れない服が握《にぎ》られていた。なんだろうか、初めて見るけど……。

僕の視線に気づいた母さんは、その手にした服をパッと広げる。

それはさっき見たばかりのものと違うデザインだけど同じ服……つまりはアロハシャツだった。

「これは……？」

「物置にしまってた、父さんと母さんが新婚旅行で買ったアロハシャツよ。せっかくなら、持っていったらと思って捜してみたの」

そうして手渡《てわた》されて、少しだけ呆《ほう》けた僕を母さんは不思議そうに眺《なが》めてきた。手渡された服とその視線がなんだかおかしくて、僕は思わず笑ってしまった。

急に笑い出した僕を、母さんは不審者《ふしんしゃ》を見るような目で見てくる。

いやいや、そんな目で見ないでくださいよ。あなたの息子《むすこ》ですよ。

「……どしたの？」

「いやいや、どうしたもこうしたもないよ……」

七海とさっきまでしていたやり取りを母さんに説明すると、母さんは珍しく驚いたように目を見開いて、その後で少しだけ笑っていた。

みんな考えることは一緒なのね……と言って、母さんは僕にアロハシャツを渡したまま去っていった。

……言うなら今かな。

「母さん」

「何？」

僕の声を受けて振《ふ》り向いた母さんに、僕は言葉が続かなかった。今更《いまさら》改めて言うってのも不思議な感じがするし、照れくさい。

両親にお礼を言うってのが、こんなに緊張《きんちょう》するとはなぁ。だけど、それでも……言いたいと思ったんだから言わないと。

僕の言葉を待つように、母さんは立ち止まっている。

「僕にも修学旅行、行きたいと思う出来事があったよ。ありがとう」

その言葉は母さんに届いて、そして驚かせるには十分だったようだ。ほんのちょっとだけ表情を崩《くず》すと、すぐに母さんは柔《やわ》らかく微笑《ほほえ》む。

まるで肩《かた》の荷が一つ下りたような、そんな笑顔《えがお》だった。

「そう、よかったわね」

答えはそれだけだけど、母さんの声はすごく嬉しそうだ。僕が改めてお礼を言うと、母さんは父さんにも言ってあげてねとだけ僕に告げる。

もう一回これをやるのか……と思いつつ、確かに父さんにも言った方が良いかなと僕は首肯《しゅこう》して返す。

満足そうな母さんは、踵《きびす》を返すとそのままゆっくりと僕の部屋から離れていった。

よかった……ちゃんと言えた。

そのまま妙《みょう》な満足感を覚えながら、僕は部屋のドアをゆっくりと閉める。通話はまだ続いていて、どうやら僕の声は七海にも聞こえてたみたいだ。

なんか七海が感激したみたいになってる。

『よかったねぇ……よかったねぇ陽信……』

七海が涙声《なみだごえ》だ。うわぁ、さっき母さんに言った言葉が全部聞かれてたのか。向こうには聞こえてないと思ってたよ。

修学旅行に行く気が無かったとは七海に軽くは言ってたけど……。まさかこんな反応をされるとは思ってなかった。

親との会話を聞かれるって、どうしてこう恥《は》ずかしいんだろうか。

「……ありがとう」

七海は目に涙を浮《う》かべながらも、嬉しそうに笑う。こんなに僕のことで喜ばれると……

悪い気はしない。照れくさいのは変わらないけど。

このままだと僕が一人で気まずい思いをするだけなんで、話題を変えるために僕は七海に母さんから借りたシャツを広げて見せた。

こっちのは緑色とオレンジ色で、やっぱり同じデザインの色違《いろちが》いのようだ。

「これ、うちの父さんと母さんが着ていたアロハなんだってさ。よければ持ってけって……やること一緒だとは思わなかったよ」

『わぁ、そっちのも可愛いね。うちのとはまたちょっと違う感じがする』

「だからその……僕もこれ持っていくからさ、お揃《そろ》いで着ようね」

七海は嬉しそうに手を合わせている。まさか修学旅行の服装がこんな形で決まるとは思っていなかった。

日程が確か五日分だから……二日は決まった形かな。

『嬉しいなぁ、陽信のおうちのも着れるなんてー。完全に私服でペアルックになるとか……初めてじゃない？』

「言われてみれば……確かにそうだね。服でペアとかやったことないや」

『修学旅行中は私服ＯＫでよかったねぇ……可愛いカッコ沢山できるし、毎日デートしてるみたいだなぁ』

そう言われると、僕も気分が浮かれてきてしまう。服がペアになるとか初めてのことだし、これなら一見するとペアには見えないから気づくのは僕等だけ……。

いや、分かるか。まぁ、分かってても変なペアルックじゃないから大丈夫だろう。

こう、ド派手に相手の名前の書いてるシャツでのペアとかじゃなければきっと問題ないはずだ。割とおしゃれだし。

『ねぇ、陽信。着てみてよ。陽信のアロハ姿見てみたいなぁ』

「んー……別にいいけど」

今着ているシャツの上にアロハシャツを羽織ると……七海はちょっとだけがっかりしたような反応をする。

え？　なんでため息ついたの？

『どうせなら上半身裸《はだか》で着て欲《ほ》しかった……』

「……聞こえてるよ」

『聞かせてるの！』

そんな返しある?!　まさかの欲望を隠そうともしない言葉だったけど、さすがにここで脱《ぬ》いでシャツを着るのはちょっと……。

なので今更無理があるかもしれないけど、僕は聞こえないふりをすることにした。聞こえてるよとか言っといて。

「そういえば……睦子さん達はプレ新婚《しんこん》旅行については他に何か言ってた？」

『うん。そもそも、お母さん達も言われてみればって反応だったんだよね。それでどうせなら本当にそうしちゃいなさいって……』

「アロハシャツとか貸してくれたと」

『うん。他にもお母さん達のお勧《すす》めとか、そういうのを色々と教えてくれたかな。修学旅行で行くのが難しいところもあったけど』

　確かにそういう場所もあるかもね。僕もバロンさんには聞いたけど、ここは流石に難しいかなって場所も沢山あった。

　自由時間はあくまでも行った先での自由時間だし……。それでも、もらった情報を無駄《むだ》にしないためにも色々と追加で調べておこうかな。

「僕もバロンさん達に相談した結果……もう開き直ってそういう形で楽しんじゃおうって結論になったよ」

『そっかぁ、それならよかったたぁ。まぁ、あくまでも高校生らしい範囲で……新婚旅行を楽しんじゃおうねぇ……』

　プレがなくなった。いやまぁ、そういうのはやぶさかじゃないけどさ。

これは七海には言えないけど、プレ新婚旅行って呼び方だと……意味合い的には婚約者《こんやくしゃ》が結婚《けっこん》前に行く婚前《こんぜん》旅行が近いような気がする。

ただの旅行じゃなく、あくまでも結婚前の婚約者がする旅行。

これ言っちゃうと七海のテンションとか恥ずかしさとかが色々突破《とっぱ》しすぎる気がするから……今は内緒《ないしょ》だ。

修学旅行が終わってから、七海には伝えようと思う。それならきっと、気持ち的にも落ち着いているだろう。もしくは旅行中にかな。

七海との旅行……。いや、今回は修学旅行だけどさ。それでもアロハを着ているからか、一緒《いっしょ》に旅行っていう実感がさらに強くなっていっている。

楽しみすぎて……叫《さけ》びだしたい気分だ。

『そういえばさぁ、陽信に相談があるんだけど……』

「ん？　どうしたの改まって……？」

変な衝動《しょうどう》が僕の中で生まれそうなタイミングで、七海が神妙《しんみょう》な表情を浮かべていた。相談……って、七海の相談なら聞かないわけがない。

修学旅行でなにかしたいとかそんなところだろうか。僕にできることならなんでも……。

『ハワイで肌《はだ》をちょっと小麦色にしようかなぁとか思ってるんだけど……どう思う？』

「えっ……？」

ぼんやりと、小麦色の肌になった七海を想像する。想像する姿がちょうど今目のまえにある水着姿なんだけど……。

これはかなり……似合うのでは？　いやでも……白い肌も……。いや、日焼けした七海の色っぽさは見てみたい……。

唐突《とうとつ》に出てきた新たな難問に……僕はとんでもなく頭を悩《なや》ませることになった。

◇◇◇◇◇◇◇◇◇

私服で学校に行くのは、補習の時以来か。その時は僕と後静《しりしず》さん……あと七海達が教室にいて、学校なのに私服なのが少し違和感《いわかん》あって面白かったっけ。

今日は登校の時から……周囲に私服の人と制服の人で入り交じっている。いつもは周囲が制服の人ばっかりなので、急に生徒数が減ったように錯覚《さっかく》する。

実際には私服の人達は僕と同じ学年で、制服なのが先輩《せんぱい》や後輩《こうはい》なんだろう。

「厳一郎《げんいちろう》さん、送ってくださってありがとうございます。うちの両親もよろしく言ってました」

「いやいや、気にしなくていいよ。今日はたまたま休みが取れたからね。空港で見送ってもよかったんだが……七海に止められちゃってね」

僕はその登校の様子を、車から眺めていた。最初はスーツケースを引いて電車で行くつもりだったんだけど……大変だろうと厳一郎さんが申し出てくれた。

ちなみに、帰りはうちの父さんが迎《むか》えに来てくれるらしい。この辺は両親同士で何らかの話し合いがあったんだろう。

「お父さん、目立つんだもん……さすがにちょっと……」

少しだけ恥ずかしそうにした七海だけど、その様子は厳一郎さんに対して申し訳なさそうにも見えた。

この辺は七海も普《ふ》通《つう》の年頃《としごろ》の女の子ってところなんだろう。厳一郎さんもそれが分かってるから空港での見送りはやめたんだろうな。

「今日はグラウンドに集合なんだっけ？」

「えぇ、そうです。空港までバスで行くらしいので」

「いいねぇ、バスでの移動。なんだかワクワクするよね。懐《なつ》かしいなぁ、遠足とか」

厳一郎さんは昔を懐かしんでいるようだ。僕が最後にバスで遠足に行ったのは……たぶん中学の時？　いや、一年の時にもあったか。

確かに、バスに乗るってのはどこかワクワクした覚えがあるな。行事はよく覚えてないけど、バスで景色が流れていくのは楽しかった。

「そういえば、七海は乗り物酔《よ》いとか平気なの？」

「うん、問題ないよ。私、乗り物に酔ったことないから」

それは頼《たの》もしい。バスの移動も楽しい思い出になりそうで安心したよ。せっかくの旅行なのに酔っちゃったら楽しさ半減だもんね。

楽しそうに鼻歌を歌う七海を見ていると、僕も楽しくなってくる。

今日の七海はほんの少しだけおとなしめの服装……とはいっても、下は身体のラインがキレイに出るジーンズで、上はごく普通のシャツとアウターを羽織っている。

こっちは少し肌寒《はださむ》いけど、ハワイでは暑いだろうからいつでも脱げるようにしているんだろう。それに今日は移動メインだから動きやすい服にもしてるのかもしれない。

靴《くつ》もスニーカーだし、機能性重視ってところだ。今日はきっとこっちの方が楽だと思う。

僕も普通のジーンズにTシャツ、それにスニーカーと似たような服装だ。ただまぁ、七海ほどオシャレには着こなしてないけど。

「いよいよ修学旅行だねぇ……そわそわしてなんか身体全体がくすぐったい感じがする……陽信、私の身体を押さえて」

「うん、いや……ここで？　どうやって？」

言葉の通り、七海はそわそわと身体を小刻みに揺らしている。僕としてはどうすればいいんだろうか……と思いつつ、七海の肩にそっと手を触《ふ》れた。

「あっ♡」

やめて、厳一郎さんいるんだからその声はやめて。ほらー、運転中の厳一郎さんがちょっとこっち気にしてる感出してるから。危ないから。

思わず僕がパッと肩から手を離《はな》すと、七海はさっきまで僕が触れていた箇所に自身の手を添《そ》える。

身体の揺れは、もう止まっていた。

「ご、ごめん陽信……まさかそこを押さえられると思ってなくて……」

「こ、こっちこそごめんなさい……」

声を上げた七海にやめてと心の中で思ったけど、どうやらその声を上げた原因は僕だったようで……猛省《もうせい》する。

いやだって、押さえるって言われてどこを……？　頭に触れればよかったんだろうか？

「二人とも……さすがに旅行中は節度は守ってね？　そろそろつくよ」

厳一郎さんから注意されてしまって、僕も七海も下を向いてしまう。ごもっともなご意見にぐうの音も出なくなってしまう。申し訳ない。

七海も今回ばかりは気まずいのか、なんて言っていいのか分からないようだった。厳一郎さんも気まずそうだ。

ちょっと微妙《びみょう》な雰囲気《ふんいき》になってしまったけど、無事に学校に到着《とうちゃく》した僕等は車から荷物を出して集合場所へと向かっていく。

「まぁ、仲がいいのは良いことだから。旅行、楽しんできてね」

「ありがとうございます」

「お父さんありがとう」

厳一郎さんからの見送りを受けて移動しようとした瞬間《しゅんかん》……僕だけが厳一郎さんに肩を押さえられてしまう。七海は気づいていないようで、少し先を歩く。

さっきのお叱《しか》りを受けるのか……?! とか思っていたら違った。僕が受けたもの、それは……純粋《じゅんすい》な注意喚起だった。

「陽信くん……七海の行動に気を付けてくれ……」

「えっ……？　それはどういう……？」

「旅行先でテンションが上がったら……七海の色んな歯止めが利かなくなる可能性がある……可能ならストッパーになってやって……」

「そんなまさか……」

「睦子がそうだったんだ……」

……実体験？　実体験なんですか？

僕が厳一郎さんの顔を見ると、彼《かれ》は真剣《しんけん》な表情でゆっくりと首を縦に振る。その表情を見て、僕もゆっくりと首を縦に振った。

厳一郎さんが僕の背中を軽く叩《たた》く。背中を押《お》された僕はそのまま歩みを進める。肩ごしに後ろを見ると、厳一郎さんが大きく手を振っていた。

僕はそれに応えて、立ち止まっていた七海に追いつく。

「……？　お父さんと何話してたの？」

「ん？　海外だし、七海をよろしくねって」

本当に、本当に気を付けないといけない。確かに七海も僕もテンションが上がったら何やるか分からない危険性があるからなぁ。

修学旅行は楽しむけど、同時に気を引き締めないと。節度を持って……！

決意を新たにした僕は……七海と手を繋《つな》いで集合場所に向かう。そこにはスーツケースを手にしたみんながもう揃っていて、僕等に手を振っている。

どうやら班の中では僕等が一番遅かったのかな。七海とスーツケースを引きながら……

僕は気分が高揚《こうよう》するのを感じていた。

◇◇◇◇◇◇◇◇◇

バスの醍醐味《だいごみ》ってなんだろうか。

僕が思うに、普段《ふだん》乗らない乗り物に乗るってのがもうワクワク感を増しているんだと思う。そしてもう一つは、バスの中では旅行前のワクワク感が継続《けいぞく》しているって点かな。

すでに旅行は始まっているんだけど、なぜかこのバスの中ってのはまだ旅行前って感覚になるんだけど、それは僕だけだろうか。準備が楽しいってのと近い話かも。

「陽信、お菓子《かし》食べる？」

「うん、ありがとう」

隣《となり》の七海からお菓子を受け取って……と思ったら、七海は僕に手渡さずにお菓子を自分の手に持ったままだ。え？　ここでやるの？

ニコニコと笑みを浮かべる七海に根負けして、僕は黙《だま》って口を開くと……七海はゆっくりと僕の口にお菓子を運ぶ。

あーんって言うとバレバレなので、黙ってやる。バスの席は普通のバスに比べて割と深めなので、周囲からはあんまり見えないはずだし……。

「お前ら……少しは待てないのか……」

ビクッと身体を震《ふる》わせると、通路を挟んだ席に座ってる仁志がこっちをジーッと見ていた。七海も呆れるように見てくる彼に驚《おどろ》いて僕に掴《つか》まる。

「お前……神恵内《かもえない》さんの隣になってはしゃいでたんじゃねぇのかよ」

「それは最高。さっきもお菓子くれたし、神恵内は彼氏《かれし》以外にも優《やさ》しいしマジ最高」

「それって普通じゃないの……？」

「いやいや、例えば初美《はつみ》はねぇ～……彼氏以外には基本的に塩対応だよ？　そこがクールで良いって言われてるけどねぇ～」

神恵内さんは身体を僕の方へ伸ばしてくる。まるで通路の間の橋みたいだ。きつくないかなその体勢？

音更《おとふけ》さんにはそんな塩対応された記憶《きおく》が無いから、意外な情報だなぁ。確かにちょっと荒《あら》っぽい面もあるけど、基本的には優しいと思うよ。

「お前ら～……余計なこと言うなよ。だいたい、剣淵《けんぶち》はウチに塩対応されて喜んでいるだろうが……なんで喜ぶんだよ」

「いつもありがとうございます！」

仁志が敬礼すると、音更さんは眉《まゆ》を寄せて何とも言えない表情をして振り向いた。こいつ、無敵すぎるだろう。

ちなみに音更さんと後静さんは僕等の前の席だ。僕等の班で固まっているのは、今後の話をスムーズにするためだ。人によっては班で固まってなかったりするし。

音更さんと神恵内さんの私服はよく見るけど、仁志と後静さんの私服はなんだか新鮮《しんせん》だ。後静さんは……補習の時はどうだったっけ……？

よく覚えてないや。もしかしたらあの時は制服だったかも？

音更さん、神恵内さんは七海と同じようなパンツスタイルだけど、神恵内さんの方が露出が少し多い感じだ。

後静さんは爽《さわ》やかなワンピース姿で、仁志はハーフパンツにTシャツだ。みんな制服の時とは印象が違うけど、似合っているなぁ。

他の班の女子達も、ハワイだからなのか割と大胆《だいたん》な服装をしてきている子も多かった。もう肌寒いのにみんな頑張《がんば》ってるなぁ……という感想しか浮かばなかったけど。

仁志は「薄着は良い……」と職人みたいな顔でしみじみ頷《うなず》いてたけど。他の男子もそれに追随《ついずい》していた。

……割とイケメンなのに彼女できないのはこういうところが原因なのかな。

バスで空港まで行って、空港で色々な手続きをして飛行機に乗って、そしてハワイへと出発する。

「そういえば、なんで修学旅行先ってハワイなんだろうね」

「なんか昔荒《あ》れてた時期に、日本で暴れるやつらも海外だったら言葉通じないからおとなしいだろってやったらマジでおとなしくてそれから続いてるって聞いたことあるぞ」

「なにその微妙な理由」

「ほんとかどうかは分かんねーけどなー」

なんで仁志そんなこと知ってるんだよ。と言うか、修学旅行のしおりにめちゃくちゃ良いこといっぱい書いてるのに、そういう理由があったのか。

でもまぁ、きっかけなんてそんなものなのかもなぁ。ご立派な理由とかは後付けで、スタートは割と大雑把《おおざっぱ》って。

そのおかげで海外に行けてるんだから……それはそれでありがたい話なんだろうな。

「じゃあもしかして、私達がハワイで問題起こしちゃったらハワイもダメになるってことなのかな？　けっこう気を付けないといけないよね」

「確かに……んじゃ、金髪《きんぱつ》お姉ちゃんのナンパはやめとくか」

うん、それはやめておけ。まぁ、冗談《じょうだん》なんだろうけど修学旅行でナンパって度胸がすごすぎるだろう。と言うか現地の人をナンパするつもりだったのか？

日本語で……？

「……英語、もっと勉強しておけばよかったかなぁ？」

しおりを開くと、ちょうどそこは簡単な英語とかハワイのマナーとかそういう注意点が書かれているページだった。

やっぱり日本とは勝手が違うんだなって実感する。

確かに少しは勉強していたけど、それでもなんというか……こう、もうちょっとやっていてもよかったんじゃないかって思いはぬぐえない。

念のためスマホには通訳系のサイトとかアプリを入れてるけどね。

「まぁまぁ、陽信もそんなネガティブなことだけじゃなくていいことを考えようよ」

「いいこと……って？」

「例えば……そうだなぁ……食べ物とか。ハワイって美味《おい》しいもの沢山《たくさん》あるんでしょ」

食べ物かぁ。確かに修学旅行の説明の時もそんなこと言ってたっけ。割と日本人にはなじみのある食べ物が多いって。

見たことない食べ物でも、割と日本人好みの味付けが多いとか。うん、確かにご飯は大事だ。食事が合わないのはけっこうつらいものがあるからなぁ。

「みんなそれぞれ食べたいものってあるの？」

「俺《おれ》は肉！　肉食べたいな！　でっかいステーキが美味《うま》いって聞いたよ」

「私は～チョコかなぁ～。ハワイでしか食べられないチョコレートのお店あるみたいだし。そこの美味しいんだってさぁ～」

「私は……ガーリックシュリンプ食べたいかな。お土産《みやげ》にソース買ってきてって頼まれてるんだよね」

「ウチはポキかなぁ。肉もいいけど、やっぱり魚介《ぎょかい》系食べたいなって」

おぉ、みんな見事に食べたいものがあるなぁ。この修学旅行でどれだけ食べられるんだろうか？　全部食べてみたい気がするけど難しいのかなぁ……。

「七海は、何か食べたいのあるの？」

みんなそれぞれの食べたいものを言ってる中で、七海だけが答えを口にしていなかった。珍しいなぁと思いつつ見ると、彼女《かのじょ》はしおりで口元を隠した。

「……全部食べてみたいの」

どうやらどれが一番かを決められなかったようで、少しだけ恥ずかしそうにして目線だけを僕《ぼく》に向けていた。

みんな一瞬だけポカンとするんだけど、すぐにその可愛らしい答えに笑顔になる。

僕等が笑ったことにご立腹なのか、七海はすぐに隠していた顔を露にして怒《いか》りを口にするけど……真っ赤になってるからそれすらも可愛らしかった。

「もー!!　仕方ないでしょ!!　ハンバーガーとかも食べたいしロコモコとかも美味しそうだし……。パンケーキとかマラサダとかアサイーボウルとか……」

七海の口から次々と食べ物の名前が出てきて、みんなも確かにそれも食べてみたいなぁと口々に言いあう。どうやらみんなの中でも食べたいものが増えてきてるようだ。

知ってる料理から知らない料理まで……。確かに旅行は現地の食べ物が楽しみの一つだよね。それは仕方ない。

「七海は欲張りさんだなぁ」

「もう!!　もう!!　仕方ないでしょ！　お母さんに聞いたらどれも美味しそうだったんだもん……それに……」

「それに？」

「……全部、お父さんと一緒に食べた思い出があるって聞いたから……だから……」

私も同じの食べて、陽信と思い出作りたいなって……と、七海は続ける。珍しく随分《ずいぶん》と欲張るなと思っていたら、そんな思いが隠されていたなんて。

恥じ入る思いというのはこれか、七海は七海でハワイの楽しみ方を僕と一緒に……と考えてくれていたなんて。

いや、もちろん僕も考えてはいたけどね。それでも両親との思い出をなぞるとか、そういう参考の仕方はしてなかった。

「よし七海、全部食べよう」

「いや無理だろ」

自分でも感心するくらいに掌《てのひら》返しを見事に決めた僕に、一同からツッコミが入る。そんな、僕もそれは分かってはいるけどさ……。

「でも確かマラサダ……は揚《あ》げパンだっけ？　確か二日目に行く場所の近くにマラサダのお店があったはずなんだよなぁ。パンケーキとアサイーボウルは確かホテルにあったはず……。ポキは……どうだったかなぁ、ちょっと難しいかな？」

過去の記憶を掘《ほ》り起こすように僕は修学旅行中に食べられそうなものを口にしていく。

これだったらスマホにメモ取っておけば良かった。

たぶん、修学旅行の日程を考えると全部は無理でもある程度はいけるはず。取りこぼしそうなやつをどうするか。

自由時間のマーケットに売ってるかな？

「陽信、そんなに沢山《たくさん》調べてたの？」

「いやぁ、しおりを眺めてたらなんとなく気になって調べただけなんだよね。こんなことならもう少しちゃんと記録しとけばよかったよ……」

バロンさん達《たち》に相談した時にお勧めだよって教えてもらった店はメモしてるんだけどね。準備の時にもうちょっと具体的に話しておけばよかったな。

しおりにはタイムチャートと大雑把に何をするかは書いてたから、ここで何をしたいって話はしてたけど……。

「でもよく調べたなぁ。俺なんて楽しみではあったけど、そこまでしおりを細かくは調べなかったぞ」

「まぁ、たまたまだよ。本当に、たまたま……。そもそも四泊《はく》六日って何？　ってビックリして調べだした話だから」

「あー……確かにあの日程はビビるよな。一日徹夜《てつや》なのかって俺も思ったもん」

それは僕も思った。あと、修学旅行だからか思ったよりも自由時間は少ないんだよね。僕はてっきり、一日くらいは丸々自由時間なのかなと思ってたから。

授業の一環《いっかん》だから仕方ないかもしれないけど。もうちょっと自由でも……あぁでも確か、ホテルのプールとかに入る時間はあったっけ。ビーチも行けるのかな？

確かビーチはホテル併設《へいせつ》のプライベートビーチだから割と安全とか書いてたっけ。それなら七海と一緒に行ってもいいかもしれない。

海かプールか……どっちにしても楽しみだなぁ。

「それで？　陽信は何が食べたいのさ？」

「え？　僕？」

「そうそう、私達には聞いといて自分は答えないって……教えてよー」

あー、そういえば僕……色々と調べはしたけど自分が何を食べたいかってのはあんまり考えてなかった気がする。

どれもおいしそうだなとか、七海が好きそうだなぁとか、そんなことは考えてたけど自分が食べたいって言う視点が抜《ぬ》けていた気がする。

僕がうんうん唸《うな》っている隣で、七海が興味津々《きょうみしんしん》って視線で僕を見ている。そんなに興味ある視線を送ってくることあるんだ。

七海は全部食べたいって言っちゃったからか、余計に僕が何を食べたいのかが気になるってのもあるんだろうな。うーん……僕が食べたいものかぁ……。

「……基本的に外食系は七海と一緒ってのが重要だからなぁ」

ポツリと呟《つぶや》いた言葉に、周囲が沈黙《ちんもく》してしまう。七海が頬《ほお》を赤くして、周囲がニヤニヤとしてしまっていた。揶揄《からか》うような笑《え》みにますます七海は頬を染める。

だけど外で食べる時って割と何を食べるかよりも誰《だれ》と食べるかの方がけっこう大事じゃないかな。誰かと一緒なら、安いものでも美味しく感じるというか……。

……思わず言ってしまった言葉だけど、結構的を得ている言葉なんじゃないだろうか。

その視点を持てば僕の食べたいものも自《おの》ずと見えてくるのでは。

そういう考え方だと、僕としては七海が食べた時のリアクションが一番可愛《かわい》らしいのはどれだってことが気になるところだ。

美味しいものを食べて、満面の笑みを浮かべる七海。それが何よりも可愛らしい。美味しそうに食べる女の子は可愛いんだ。

つまりそれは……。

「強《し》いて言うなら、パンケーキかな？」

「へぇ。陽信が甘《あま》いものを一番に選ぶって、なんか珍しいね」

「七海が一番美味しそうに食べるかなぁってのと、別な味を頼んでシェアとかしやすそうだなって」

「おぉう……やっぱり私基準だった……」

必死に考えた答えだけど、七海はちょっとだけ引いたような苦笑《くしょう》を浮かべていた。

確かに七海を基準にはしたけど、純粋に僕も食べてみたいしねパンケーキ。日本ではあまり食べたことないし、そもそもホットケーキとの違《ちが》いも分からないし。

うん、七海と一緒にって考えがメインだったけど……純粋に楽しみになってきたかも。

「なんつーか、簾舞《みすまい》はもう『七海至上主義』って感じだよな。あー、もー！　ウチも彼氏とハワイ行きたかったー!!」

「私だってそうだよ～……なんで修学旅行には彼氏連れて行っちゃダメなの～……」

「それは修学旅行だからだと思うぞ……この恋愛脳《れんあい》どもめ……」

音更さんと神恵内さんがそれぞれ修学旅行への不満点を口にしたけど、仁志に恋愛脳とツッコまれてしまって頬を膨《ふく》らませていた。

恋愛脳かぁ……確かにそう言われてしまっては返す言葉もない……。

「あーもー、この班で独り身なのは俺と委員長だけ……いや、委員長も……？」

それまで静かだった後静さんは、仁志にギラリと睨《にら》まれたことに身体を震わせた、そうだよ、その人もだよ……。

弟子屈《てしかが》くんと行動したいから口裏合わせ同盟を結んだじゃない。仁志もそれを思い出したのか『俺だけか……』と悲しそうに呟いた。

でも、どうもハワイ現地では班行動が基本だし、どうやっても他のクラスと一緒に行動できなそうなんだよなぁ。その辺は後静さんは大丈夫《だいじょうぶ》なのかな。

いや、そもそも……。

「弟子屈くんも修学旅行に来てるんだよね？」

「うん、タクちゃんもちゃんと来てるよ」

良かった、来ていた。いやまぁ、色々と相談には乗ってたから分かってはいたけどね。

文化祭の件でクラス内の印象も変わったって話だし。

クラスは違うけど、一緒に楽しめたらいいなと思う。

「どこで合流する予定なの？」

「んー、昼間はなんだかんだ難しそうだからホテルで会おうねって。班行動中はお互《たが》いに写真撮《と》って送りあうんだぁ……」

なんかそれはそれで楽しそうだなぁ。別行動だから、お互いに写真を送りあって近況《きんきょう》を報告するとか……。

弟子屈くんと離れてはいるけど幸せそうな後静さんを見て、僕も七海も……他のみんなもどこか温かい気持ちになっていた。

こういうのも……悪くないな。みんなでバスでワイワイお喋《しゃべ》りして、旅行先に思いを馳《は》せて気持ちを上げる。

食べ物の話に終始しちゃったけど……。それにしても食べたいものって案外思いつかないものだね。普段の七海の料理ならパッと思いつくのに。

ん？　七海の料理？

「あれ待って、もしかして旅行中って七海の料理はおあずけ……？」

「そりゃそうだよ、修学旅行だから」

「え、今気づいたの？」

その声がだれのものだったのか。呆《あき》れた七海なのか、それとも音更さん達か、はたまた仁志からのものなのか……。

……マジかぁ……いや、マジか。全然その考えに至っていなかった。思ったよりも浮かれていたのか、それとも考えないようにしていたのか。

そうだよね、ホテルだもん。料理とか絶対にできないよね。あれ、調理実習って修学旅行には……あるわけないか。

「彼女の料理が食えなくて絶望する高校生ってお前くらいだよな」

仁志にまで呆れられてしまった。でも反論できない。七海はなんだか苦笑しているし、音更さん達はあんぐりと口を開けている。

そっかー……四泊六日の間は七海の料理はおあずけかぁ……。

「修学旅行……中止になんないかなぁ……」

「今更《いまさら》何言ってるのっ⁈」

さすがに冗談だけど、それくらいには絶望感を味わった。だって七海の料理無しだよ。

似たようなのは前にあったけど、あの時は一泊二日だから耐《た》えられた。あと、なんだかんだ外で焼肉だったから手料理みたいなものだったし。

今回はその時の二倍以上の期間……。僕の気持ちは耐えられるのだろうか？

いや、ダメだダメだ。ここで沈《しず》むんじゃなくて気持ちを切り替《か》えないと。

せっかくの楽しい旅行なんだから、暗い気持ちは持ち込《こ》まないようにしなければ。みんなにも失礼だ。

とりあえず、パチンと両頬を叩いて気持ちを切り替える。ふだんこんなことしないから、軽くやっても両頬がじんじんと痛い。

唐突な僕の奇行《きこう》にみんなびっくりするけど、これで気持ちは切り替わった。

「逆に考えよう。修学旅行後の楽しみが増えたと」

半ば無理やりにポジティブに考えることにした。そうだ、空腹は最高のスパイスなんだから、久しぶりの七海の料理はきっと美味しい。

「もうっ‼　もうっ‼　陽信は全くもうっ‼」

真っ赤になった七海が眉を吊《つ》り上げて、僕のことをぽかぽかと叩いてくる。全く痛くなくてむしろ心地《ここち》よさすら感じる衝撃《しょうげき》だ。

七海も本気で怒《おこ》っているわけじゃないんだろう。僕が手を合わせて謝罪の姿勢をとったら、彼女はちょっとだけ嬉《うれ》しそうに笑ってくれた。

◇◇◇◇◇◇◇◇◇

飛行機の座席は僕が想像していたよりも快適なものだった。狭《せま》くて窮屈《きゅうくつ》だと事前知識としては認識《にんしき》していたけど、想像よりも窮屈ではなかった。

空港に無事に到着して、空港の一室で最後の説明会があり、忘れ物が無いかを確認《かくにん》して、手荷物検査も受けて……十分な余裕《よゆう》を持って飛行機に乗ることができた。

毎年、最後の確認のタイミングで色々と問題が出るようなので時間には余裕を設けているらしいんだけど……今回も案の定問題は出たようだ。

パスポートを忘れたりとか、必要な申請《しんせい》を出していなかったりとか……過去にはそれで修学旅行に行けなかった人もいたとか。

空港について行けないのが発覚したら……どれだけの絶望感なんだろうか。きっと、さっきの僕の絶望感なんて可愛いものだろう。

後はここからひたすら……ひたすらにこの飛行機に乗って目的地を目指す。確か時間にして……約八時間？　七時間と三十分だったかもしれない。

ただまぁ、それだけ乗ってたらもう時間に大した違いはないだろう。ほぼ学校にいるのと同じくらいかそれ以上の時間、乗り物に乗るわけだ。

未知の体験ではあるけど、僕はその時間を耐えきる自信があった。たぶん、今なら誰よりもある気がする。

なぜなら……。

「今日出発して、今日到着するって不思議だ……」

「時差があるからねぇ。日付的に到着するのは今日の朝なんだよ」

「なんだかタイムスリップする気分だよ。ちょっとしたSF気分だなぁ」

「あー、いいねぇ。SF系の映画見たいかも。帰国したらデートで見に行く？」

SF系の映画かぁ。確かに七海とデートしたら映画はだいたいアクション系か恋愛ものが多いもんな。SF系はまだ見てないかもしれない。

そう、僕の隣には今……七海がいる。

彼女は僕と同じように手荷物を置いて、席の座り心地とかを確かめているようだ。ちょっと背もたれを倒《たお》したり、シートベルトの感じを確かめたり。

「七海、窓側じゃなくてよかったの？　交換《こうかん》しようか？」

「大丈夫《だいじょうぶ》大丈夫。外見たい時は陽信と見るから」

「それならいいけど……って、どう見る気？」

「ん？　こうやってー」

シートベルトを外すと、七海は僕の身体越《ご》しに窓に顔を近づける。当たり前だけど僕の上を七海の身体が通過して、非常によろしくない絵面となっていた。

これは……めったにできない体勢なのではないだろうか。僕が座っててそこを横切るように七海がって……。触れるか触れないかのギリギリが……。

すぐに七海は自分の席に戻《もど》るんだけど、さっきのギリギリを気づいているのかいないのか……。ほらねと両手を広げている。

「でもよかったよねぇ、席が隣になれて」

「いやほんと、譲《ゆず》ってくれたみんなに感謝だね……」

てっきり僕は飛行機の座席はあらかじめ決まっていて、僕等が自由に決められるものではないと思っていたんだけど……。

どうやら席がまとめて予約されていて、配られた航空券の席に座っていくというものだった。だから、特に席と個人が紐《ひも》づけられていなかった。

だから目当ての席になれなかった人は、券を交換したりしてた。窓側が良いとか、誰と一緒《いっしょ》になりたいとか、そういうのだ。

なので、僕と七海の航空券も交換してもらった。というか、交換しようかと先に声をかけられたんだよね。

どうせなら七海の隣がいいでしょって。

いや、凄《すご》くありがたかった。ありがたかったんだけど……声をかけてくれた人は違うクラスの人だったんだよね。ちなみに女子だった……。

分かってたけど、違うクラスの人にまで知れ渡《わた》っているというのを目《ま》の当たりにするとちょっと来るものがあった。自業自得《じごうじとく》だけど。

学校祭やら体育祭やらで色々やったんだからそりゃそうなんだけどさ。それでも現実を目の当たりにするとちょっとだけ頭を抱《かか》えたくなった。

ただそれも、さっきまでの話だ。こうして実際に七海が隣の席にいるという現実は、さっきのつらい現実を忘れさせてくれる。

現実を以《もっ》て現実を制す。

ちなみに音更さん達は特に隣になるのは誰でもいいのか、割とバラバラになっている。凄かったのは後静さんだった。

彼女は今、弟子屈くんの隣の席に座っている。名目的には……不良生徒である彼の監視《かんし》と何かあった時のためのサポートということで。

うん、そういうのって普通は同じクラスの委員長とかがやることだよね。でも彼女はそれを勝ち取った。

……と言うかまぁ、相手のクラスの委員長さんがホッとしてたのできっとまだ弟子屈くんはクラス内で少し怖《こわ》がられているのかもしれない。

徐々《じょじょ》に受け入れられているとは聞いてたけど、完全になじむにはまだまだかかりそうなんだろう。それでも僕よりも圧倒的《あっとうてき》な速さで馴染《なじ》んでる気がする。

青春してるなぁ。

「どしたの陽信？　あ、寒いなら私があったためたげようか？」

「そこは毛布じゃないんだ……。いや、みんな思い思いの席で楽しそうにしてていいなと思ってさ」

チラッと見たら、仁志はなんか女子達に囲まれてデレデレしている。どうやら席の周囲が偶然《ぐうぜん》女子で固まっていたらしい。

女子達は引いてるかと思いきや、なんか楽しそうだ。まぁ、確かに仁志……イケメンの部類だもんなぁ。

「みんな乗れたし、出発前のトラブルもないし……無事に出発できそうだよね」

「そうだねぇ。なんか微妙に先生方の方でトラブってたみたいだけど……」

ちょうど僕等が検査を受けているところで、先生方の方が騒《さわ》がしくなっていた。どうやら先生の中の誰かの申請が……微妙に間違《まちが》っていたらしい。

そのため、その先生だけ行けないのかと騒然《そうぜん》となっていたんだけど……。

どうもその時、うちの担任の先生と保健室の先生の両名がなにかしらのアドバイスをして、事なきを得たようだった。

内容としてはパスポート番号の記載《きさい》を間違って申請してたけど、七海もさっき言ってた時差の関係ですぐに再申請すれば大丈夫だったと。

そんなことあるんだなぁ……。トラブった時の参考になりそう。覚えておこう。

ん？　なんで知ってるかって？　さっき、担任の先生に教えてもらったから。

『あの先生、一番お前らに対して懸念《けねん》示してたんだけどさ……。まぁ、俺等が貸しを作っといたから、テストも合わせると旅行中は気兼《きが》ねしなくてよさそうだな』

さっき僕等にそっと近づいて、独り言だけどなぁと言いつつわざわざ教えてくれた。トラブった先生は保健室の先生とうちの担任に涙目《なみだめ》でお礼を言っているようだ。

保健室の先生は僕等の方を見るとウィンクして、担任の先生は小さく見えないようにピーサインを示してきた。

僕も七海も頭を下げてお礼を示す。特定の生徒を贔屓《ひいき》するわけにはいかないだろうに、ここまでしてくれるのは感謝しかないなぁ……。

でもこれで、少なくとも旅行中の不安要素は一切《いっさい》なくなったわけだ。思う存分、七海と旅行を楽しめる。

「先生方にもお礼しないとなぁ……」

「お礼なら成績で返してくれ。次のテストも期待してるぞー」

「うぉっ?!」

最後の見回りなのか、僕等の近くを通っていた先生に独り言を聞かれてしまった。しかも成績でって……。

「勉強、頑張《がんば》んないとねぇ♪　七海先生の個人授業を増やしてあげましょう～」

揶揄うような笑みを浮《う》かべて、七海が僕の顔を覗き込んでくる。先生も面白《おもしろ》そうに頑張れよーと、微妙に覇気《はき》のない激励《げきれい》を飛ばす。

僕の顔を覗き込んできた七海は、そのまま先生には聞こえないくらいの小さな声で耳打ちをしてくる。

「頑張ったら……ご褒美《ほうび》もあげるからねぇ……」

そして僕の胸あたりを人差し指でくりくりといじり、パッと僕から離《はな》れる。それは一瞬《いっしゅん》だから僕にしか分からないだろうけど、でも確かにされたことだ。

まだ胸のあたりに、七海の指で押された感触《かんしょく》が残っているから。

「頑張るよ」

恥《は》ずかしさから変な笑顔《えがお》になってしまう。そんな僕が面白いのか、それとも頑張ると言ったことが嬉しいのか、七海は楽しそうに口元に弧《こ》を描《えが》いた。

それから少しして、飛行機のエンジン音が鳴る。それに合わせるようにキャビンアテンダントさんが荷物の状態を確認していた。

上の大きな荷物入れが閉じられ、アナウンスが流れる。

飛行機が動き出した。

「いよいよ……いよいよかぁ」

「なんかドキドキしてきた……私も初飛行機だし……」

僕も七海も緊張《きんちょう》からか、口数が少なくなる。空を飛ぶ……。この鉄の塊《かたまり》が空を飛ぶのか。

ちょっと昔の人っぽい言い方になったけど、本当に飛ぶ実感が湧《わ》いてくる。

空を飛ぶことで人は長距離《ちょうきょり》を速く移動できるようになった。その分……飛行機事故が起きた時の被害《ひがい》は甚大《じんだい》だ。

なんか、意識したらちょっとだけ怖くなってきた。色々とハワイについて調べている時に、飛行機の事故についても調べちゃったんだよね。

今思うと、なんで余計なことを調べたんだと自分を叱責《しっせき》したくなる。知らなかったら怖がる必要もなかったというのに。

悲惨《ひさん》さと規模が桁違《けたちが》いで、絶対に当たりたくない。事故の確率は低いみたいだけど……低いだけでゼロじゃないんだ。

思わず……足で床《ゆか》を何回か踏《ふ》みしめる。

空を飛んでる最中にこの床が外れて、真っ逆さまとか無いよね？　ドッキリ系のやつみたいに。もしくは外に飛び出るような事とか……。

飛行機の窓が割れて、外に投げ出された人の話を思い出しちゃった。ダメだダメだ、考えるな。落ち着け。

しかし人間とは不思議なもので、考えるなと思ったら余計に考えてしまう。僕が高いところがダメだっていうのも関係してるかもしれない。

飛行機が振動《しんどう》し、力強さを感じたところで僕の手に七海の手が触《ふ》れる。

「だいじょーぶ、だいじょーぶ」

見ると、七海はちょっとだけ怖そうにしながらも僕に微笑《ほほえ》んでいた。たぶん、七海も初飛行機だから怖いだろうに、僕のことを気遣《きづか》ってくれている。

情けなさと七海の優しさを感じて、僕は彼女の手をギュッと握《にぎ》った。

「陽信、大丈夫なの？　高いところ苦手だから私より怖いかなって」

「いや、大丈夫。大丈夫だよ」

七海もやっぱり怖かったのか。僕はぎゅっと握った手から少しだけ力を抜くと、七海を安心させるようにその手を包む。

前の時は情けない姿を見せたから……ここでは逆に七海を安心させないといけない。

七海も僕と繋《つな》いだ手にキュッと力を込める。手の熱を交換するように僕等はただ握っていた手の指を絡《から》め合った。

いわゆる恋人《こいびと》繋ぎだ。さすがにそれを表に出すのはためらわれたので座席の陰《かげ》に隠《かく》してこっそりとだけど。

飛行機の音が力強さを増すと、身体への負荷《ふか》がその分大きくなった気がした。僕は七海を安心させるように笑いかけて、彼女も安心したように笑っていた。

大丈夫、大丈夫……。

そして……身体に響《ひび》くような重く低い振動音《しんどうおん》が鳴る。本格的に走り出した飛行機は、あっという間に一瞬の浮遊《ふゆう》感を僕等の身体に与《あた》えた。

「おぉ……今飛んだ……のか……？」

「みたいだよ、ほら……地面が離れていってる……」

窓から外を見ると、景色が斜《なな》めになっていた。ほんの少しだけ怖いけれども、好奇心《こうきしん》に負けて僕は窓に顔を近づける。

そして窓から、外の……地上の景色を眺《なが》める。

「うわぁ……すごいな……」

視界に広がる光景は、今まで見たことのないものだった。離れていく地面と小さくなる建物。かすかに動く車に、すぐそばにまで近づいている白い雲。

まだまだすごい勢いで離れていく地面が、どこか現実ではない光景のようにも見えた。

「あれ？　陽信……平気なの？　怖がるかと思ったんだけど」

「……あれ、言われてみれば大丈夫だな」

「なんだぁ……。私に抱《だ》き着いてきてまた慰《なぐさ》めてあげられると思ったのにー」

いやいやいや、飛行機の中で流石《さすが》にそれはまずいでしょ……。他のクラスメイトだっているんだからさ。

だけど……不思議だけど全然平気だ。

もしかして、距離《きょり》が遠すぎて怖いって感じないのかな？　近い方が現実感がある分怖い

って言うか……。

でもこれで懸念していた飛行機への恐怖心《きょうふしん》は……なくなったかな。

「七海は……平気かい？」

「んー……まだちょっと怖いから……もうちょっと手を握っててほしいな」

「……喜んで」

平気そうに見えるけど、それならこのまま手を握り続けるのも仕方ないよね。怖さが消えるまでは……こうしてようか。

それからの僕と七海は、ぽつりぽつりと話しながらお互いの手を固く結んでいた。

僕等の手が離れるのは……飛行機が安定飛行に入って注意事項《じこう》のアナウンスとかが流れる頃《ころ》だ。それまではずっと、手を握っていた。

もう不安感とかはなかったんだけど、なんとなくね。

飛行機が安定飛行になると、周囲もほんの少しだけにぎやかになる。

座席の交換は搭乗《とうじょう》前にすでに行われているからか、ほとんど席を動く人はいないんだけど、それでも何人かは席を交代したりしてお喋りをしている。

割と騒がしいけど、これもこれで修学旅行の醍醐味《だいごみ》なんだろう。まぁ、無関係の人にはうるさいかもしれないけど……。

なんで僕等が先に入れられたんだろうって思ってたけど、たぶんこれが原因なんだな……この辺りはうちの学校の生徒だけしかいないみたいだし……。

「あー……ここからが長いねぇ……」

「だねぇ。思ったよりも席は広いけど、それでもあちこち固まっちゃいそうだよ」

七海が身体を反《そ》らして大きく伸《の》びをする。体の一部が非常に強調されているが、今見ているのは僕だけだから大丈夫だろう。

確かに身体は固まりそうだなぁ……。

「エコノミークラス症候群《しょうこうぐん》だっけ？　水分取って動いてないと危険だってやつ」

「そうそう、だから飛行機内でも適度に動かないとダメなんだよね」

七海は早々に靴《くつ》を脱《ぬ》いで、その可愛らしい足を動かしていた。僕は特に足フェチってわけじゃないけど、なんかそれに少しドキドキする。

「どしたの？」

見すぎていたのか、七海が僕の目を覗《のぞ》き込むように視線を合わせてきた。ドキリとした僕は頬を紅潮させて思わず彼女から視線を逸《そ》らしてしまった。

不自然な僕の態度を不審《ふしん》に思ったのか、七海はさっきの僕の視線を思い出すように自身の視線を上に向ける。

何かを考えたり思い出す時、七海はこうして自身の視線を上げたりする。

そして、きっと……僕《ぼく》が何を見ていたのか感づいたんだろう。それに思い至った七海は、ニヤリと意地の悪い笑みを浮かべた。

「陽信って、足好きだっけ？」

なんで分かるのとか思ったけど、たぶんそれを言ったら彼女ですからと返されてしまうんだろうな。それとも……そんなに露骨《ろこつ》だったかな……？

僕としてはこう……チラッと、チラッと目線だけで見ていたつもりだったんだけど。胸への視線は分かるってのと同じようなものなんだろうか。

「いやぁ、今日はずいぶん可愛いの履《は》いてるなぁって思ってさぁ」

この時、僕もいい加減に学習するべきだったんだ。誤魔化《ごまか》しの言葉とは、言い方を考えないと相手にとんでもない誤解を与えるって。

「ッ……⁉⁉⁉」

七海が一瞬で顔を真っ赤にさせて、自身の下半身へと視線を送った。ジーンズを穿《は》いていて綺麗《きれい》なラインが出ている以外は何の変哲《へんてつ》もないけど……？

混乱したように七海は腰回《こしまわ》りやお尻《しり》のあたりを手で触れてる。混乱っていうか慌《あわ》ててる……？　え？　どしたの……？

真っ赤になった涙目の七海が、震《ふる》える声で呟いた。

「……み……見えてたの？　した……」

「ごめん靴下《くつした》の話！」

そういうことか！　した……で分かった。七海、下着が見えてると勘違《かんちが》いしている！

違うから、靴下だから！

「くつ……した？」

「そう、靴下ね。今日は可愛い靴下だよねって」

七海は自身の視線をそのままずっと下げて足元を見る。今日はなんとも可愛らしい柄《がら》の靴下だったから、ついつい指摘《してき》してしまった。

全体がカッコ良い系の装《よそお》いだったから、そのギャップが可愛くて……。

何回か七海が靴下と僕の顔を交互《こうご》に見て、徐々に顔の赤みも引いていった。本当に頬だけじゃなくて全部真っ赤になってたからね……。

落ち着いた七海は深呼吸を二回ほどしてから、何でもないことのように澄《す》ました表情を作った。今更《いまさら》だけど。

「……そうなの、可愛いでしょ？」

「あ、う……うん。可愛い可愛い」

ここでツッコんだらまたさっきの繰《く》り返しだと思って、僕は七海を褒《ほ》める。いや、本当に可愛いんだよね。なんかこう……うまく言えないけど。

でもなんでさっきの七海、可愛いの履いてるであんなに反応を示したんだろうか？　ただ下着が見えるだけでの反応とはまたちょっと違うような……。

可愛いの……。履いて……。

「え、まさか……？」

「陽信……？」

僕はそこで意図的に打ち切った。まるで地《じ》獄《ごく》の底のような低い声。七海の声だって分かるのに全く違う人のようなその声に、ゾッとしたからだ。

これ以上考えたらヤバいと本能が警告する。冷《ひ》や汗《あせ》が出て、喉《のど》が渇《かわ》いてしまう。なんか震えも出ていないか。

「もう、そんな変なことばっかり考えてる人には……あげないよ？」

僕が思考を中断したことを察したのか、七海はすでにいつもの七海に戻っていた。あげないってなんだろうか？

そう思っていたら、七海は自身の手荷物……リュックを広げて中を捜す。

ゴソゴソと捜して中から出てきたのは……。少し小さな包みだった。いわゆる巾着袋《きんちゃくぶくろ》ってやつだろうか。可愛らしい薄《うす》いピンクの巾着だ。

「これ、なーんだぁ？」

クイズのように七海はその巾着を僕に渡す。あげないって言ってたのに、なんだろうとそれを手に取ると、意外とずっしりと重たい……。

……なんか、馴染みのある重さな気もする。

「開けてもいいの？」

「いーよー」

どうぞどうぞと促《うなが》されて、僕はゆっくりと巾着を開ける。ふわりと良い匂《にお》いが漂《ただよ》ってきて、なんかお腹《なか》が空《す》きそうな……。中身を見ると、そこには……。

「おにぎり……と、ちっちゃいお弁当箱？」

取り出すと、丸いおにぎりが二つ。一つはふりかけがまぶされてて、一つは中に何かが入っている。お弁当箱はプラ製の使い捨て容器で、中には卵焼きとから揚《あ》げだ。

僕の反応を確認した七海は少しだけ照れたように、だけどとても得意気に、誇《ほこ》らしげに胸を張った。

「さっき陽信が言ってたじゃない、私の料理が食べられないって。私も陽信に食べてもらえないって思ってたから、あらかじめ用意してましたー」

マジか。うわ、マジかぁ。嬉しすぎるんだけど。今度は僕が、さっきの七海みたいにお弁当と七海へ交互に視線を送る。

驚《おどろ》きすぎて言葉が出ないや。まさかお弁当を作ってきてくれるとは。

「陽信ったら、いきなり料理のこと言い出すから、サプライズ失敗するかと思ったよぉ」

「いや……それはその……」

言ったねぇ僕。でもそれは、食べられないと思ったから言ったんであって、食べられるなんて思ってもみなかったよ。

なんだか期待したり催促《さいそく》をしたみたいで恥ずかしくなってしまう。

「……ごめん、僕の方はなにも……」

七海がこうして用意してくれているのに、恥ずかしさとふがいなさが身体の奥《おく》から湧いてきそうになるんだけど、そのタイミングで七海に鼻を掴《つか》まれた。

比喩《ひゆ》表現じゃなくて、本当に鼻をきゅっと掴まれた。そんなところを掴まれるなんて思ってもみなかったところで、身体をビクリと震わせることも無くただ止まる。

「こういう時は、謝んなくていいの」

きゅっとつままれた僕は、そのまま視線を七海に注ぐ。七海は優《やさ》しく笑っていた。ただただ、僕に笑いかけている。

なんだか、その笑顔を見ただけで全部を許されたような気持ちになる。

「そうだね、ありがとう」

「どういたしまして」

満足したように七海は笑みを深くして、僕から手を離す。確かに、こういう時は謝罪じゃなくて感謝の言葉だ。

感謝していただかなくちゃ。

「それにしても……なんでお弁当作ってきてくれたの？」

「んー、大した話じゃないんだけど。機内食って当たり外れがあるみたいだからさぁ。どうせなら美味《おい》しいもの食べたいなって」

「確かにそういう話は見たかも……」

「だからほら、そういう意味だと私が食べたいからついでに作っただけってことだからさ。気にしないでね」

僕より小食な七海が機内食に追加で食べるなんてないだろうに。気を遣《つか》われちゃったかな……と思ったら、七海も自分の分の巾着を取り出す。

あれ、ほんとに七海も食べるんだ？

僕の視線に気づいた七海は、ちょっとだけ恥ずかしそうに、はにかむように笑っていた。

幕間　期待と熱気

普段《ふだん》とは違う感覚に、眠《ねむ》っていた意識が覚醒《かくせい》する。気が付くとあたりはシンと静まり返っている。瞼越《まぶたご》しに光を感じないから、周囲も暗いのかもしれない。

だけど静かなのに、そこかしこから誰《だれ》かの息遣《いきづか》いが聞こえてくる。色んな音があるのに静かな……不思議な空間にいるようだ。

えっと……どこだっけここ……？

目がなかなか開かないので周囲の確認ができない……。えっと、今日って……？

寝《ね》ぼけた頭で思考して、今日のことを思い出す。

（……あぁ、そっか。今って飛行機の中だっけ）

変な起き方をしたからか、起きてすぐに現状を思い出せなかった。違和感《いわかん》を覚えつつも、私は身体を身じろぎさせる。

違和感の正体はたぶん眠っている姿勢かなぁ。いつもは寝っ転《ころ》がってるのに、座《すわ》って寝るなんていつぶりだろ？

いや……違《ちが》うか。座って寝ること自体はある程度していた。ナイトプールの帰りとか、小旅行の帰りとか……。

あの時との決定的な違いは座席の狭さだなぁ。思ったよりは快適だと思っていた飛行機の座席だけど、寝るにはやっぱりちょっときつかった。

なんだかんだで車の席って広いんだなぁ。今の私、身体バキバキになってそう。

「ふわ……」

あくびが出る。まだ寝ぼけているのかな。目がしょぼしょぼする……。えっと……寝る前とかって何してたんだっけ……？

……確か、陽信《ようしん》とご飯食べて……それから……それから？

そうだ、陽信はどうしたんだろ。

私はゆっくりと目を開ける。目が開くのに合わせるように視界が徐々にクリアになっていくようだった。それと……私の感覚も。

あったかさを感じていたんだけど、それは毛布のものだけだと思ってた。実際、私は毛布に包《くる》まっているし……。

だけど、それ以外のあったかさに気付く。毛布じゃなくて……なんだろ……？

目が開くと、やっぱり周囲は暗かった。でもほんの少しだけ明かりがあるから、視界はある。完全に真っ暗にはならないんだろうな。

私がゆっくりと顔を横に向けると……そこには陽信がいた。

私にもたれかかってる……陽信が。

完全に覚醒したわけじゃないから、私の思考は陽信を見つけたことで喜び一色になる。

それもすぐに動揺《どうよう》に変わるけど。

動揺しても、彼《かれ》が起きないように身体を動かさなかった自分を褒めたい。

彼は私と同じように毛布に包まって、そのうえで私にもたれかかってきていた。そこで私も気づいたんだけど、どうやら私も陽信にもたれかかった姿勢になってるみたい。

なんか小学生の頃に聞いた「人という漢字の成り立ち」を思い出す。こんな感じで、お互《たが》いに支えてるんだっけ。

私が上で、陽信がその下にぴったりくっついてる。ありゃ、ネックピローが微妙《びみょう》に外れてるや……密着感が強いのもそのためか。

首痛くならないといいなぁ……今のところ平気だけど……。

「……なんでこうなってるんだっけ？」

陽信を起こさないよう、小さな声で自問自答する。まだちょっと全部思い出せてない……そうそう、確か晩《ばん》ご飯を食べたんだっけ。

機内食が順番に渡されて……ほんとにチキンとビーフで選べるんだ。話には聞いてたけどなんか感動的だった。

味としては……可もなく不可もなくって感じかな。ご飯の上に鶏肉《とりにく》が載っかってて不思議な味の鶏丼《とりどん》って感じだった。

それを食べた後で……陽信は私のお弁当を食べてくれてたっけ。

作ってきてよかったなぁ。シンプルなおにぎりと、から揚《あ》げと卵焼き。陽信はそれでようやくお腹いっぱいになったみたい。

私はと言えば……まぁ、全部は無理だった。陽信と付き合うようになってから、けっこうご飯を食べる量増えたんだけどね。それでも流石に多かったかぁ。

幸せ太り……はしてない。してないったらしてない。ちゃんとお腹引《なかひ》き締《し》めてるし、運動もしてるし、胸は大きくなったけど……。

そういえば陽信にはそのこと言ってなかったっけ。いや、わざわざ言うことじゃないんだけどさ。ハワイで教えてあげたら喜ぶかな？

陽信も、おっきい胸が大好きみたいだし。さすがに今の私はそのことをちゃんと理解してるし、私のが好きなら言うことは何にもない。

ハワイでもたっぷり、私の胸を堪能《たんのう》……っていうとちょっとエッチな言い方か。うん、普通《ふつう》に楽しんで……これもダメかな?

まぁ、陽信が喜んでくれるならなんでもいいや。

残ったお弁当は、明日の朝ご飯で陽信にも食べてもらえばいいかな。

けっこう寝てる人も多くて、静かだなぁ……と思って私はちょっとだけ身体を反らす。

今ここが空の上だなんて信じられないなぁ。

意識がはっきりしてくると、割とゴオゴオという音が鳴っていることにも気づく。たぶん、飛行機が空を飛んでる音なんだろうな。

不思議だなぁ。

暗くて静かで……だけど振動音みたいなのがあって隣《となり》に陽信がいる。周囲に沢山《たくさん》の人がいるのに、私と陽信だけがいるみたいだ。

席が狭いってのも悪くないね。

「んっ……七海《ななみ》……?」

「あ、ごめん。起こしちゃった?」

「いや……なんか光が目に入ってきてさ……」

光……あ、ほんとだ。気が付かなかったけど、下げられた日よけの隙間《すきま》から光が入ってきてる。さっきまでは確か、暗かったはずなんだけど……。

陽信の瞼《まぶた》がゆっくりと開いていく。もたれかかった姿勢はそのままなんで、私はその様子を一番間近で見ることができていた。

陽信も起きてすぐは寝ぼけているのか、身体を起こさずに首を動かして周囲を見回す。

ほんの少しだけ、その動きがくすぐったかった。

超至近距離《ちょうしきんきょり》に私の顔があるって気が付いた陽信は、目を見開いて驚いていた。

「ご……ごめん……」

そう言って私から離れようとしたんで、そっとその身体を片手で押《お》さえた。私の力だと彼を押さえることは無理だけど、陽信は止まってくれた。

きっと、私の言いたいことを察してくれたんだろう。

「……重くない？」

「んーん。あったかくてきもちいよ」

自分がもたれかかってるからなのかな、ちょっとだけ陽信は不安げだ。でも、全然重たくないし、この感触が心地《ここち》いい。

「割と……いや、けっこう寝てたみたいだね。すっかり外は明るいよ」

陽信が日よけを上げると、入ってくる光の眩《まぶ》しさに彼は目を細める。だけど窓から見える景色に感動したような声を上げたので、私も彼の身体に乗りながら窓の外を見た。

青い空が広がってて、下には雲と海……青と白だけで彩《いろど》られたような景色が広がっている。うわぁ、明るいなぁ……。

さっきお弁当の残りは朝ご飯にって考えてたけど、どうやらすっかりともう朝みたいだ。日の光を浴びた陽信が、大きく伸びをする。

周囲でも起きた人が出始めたのか、色んな音……と言ってもまだ少ないけど、周囲の音が鳴り始めた。

「……もう次の日かぁ……いや、違うのか……次の日じゃなくて今日から今日に……ややこしいな……」

寝ぼけた頭のままで陽信が時差に混乱していた。その辺はややこしいから、寝て起きたらハワイに到着《とうちゃく》したってことにとどめておこうよ。

「……意外とあっという間だったねぇ」

「そうだねぇ……。こうなるともうちょっと一緒に乗っていたい気もするから不思議だよ」

私は少しだけ身体を斜めにして、陽信に自身の身体をくっつけた。見た目には陽信の肩に頭をのせて甘《あま》えているようにも見えるかも。

「もうちょっとしたら、朝ご飯かなぁ」

「だねぇ。あ、お弁当の残り食べるよね？」

「いただこうかなぁ……。朝ご飯はパン系なのかな……」

どうなんだろ。昨日……と言っていいのか分からないけど、晩ご飯の機内食はパンじゃなくてお米だったから、朝も同じ系なのかな？

しばらく私と陽信はその姿勢のままでお喋《しゃべ》りを続ける。起き抜けの他愛《たあい》ない話だけど、薄暗《うすぐら》い中で小声でするのは……なんか背徳感みたいなのがあって楽しかった。

ハワイの楽しみや、ホテルで何しようかとか、帰ってきたら陽信がお料理作ってくれるとか……そんな話をぽつりぽつりとしてた。

そんな中、会話が途切《とぎ》れたタイミングで陽信がゆっくりと立ち上がる。

「ごめん、七海……その……ちょっとお手洗いに……」

……そっか、長時間乗り物に乗ってたらお手洗い行きたくなるよね。それになんか、やたらとキャビンアテンダントさんが飲み物勧めてきてたし。

てっきり飲み物って一回だけだと思ったら、何回もお代わりどうですかとか言ってくれたっけ。種類も豊富でそのたびに頼《たの》んじゃったもんね……。

私もあとで行っとこうかな……。ちょっと恥ずかしいので、陽信に先に行ってもらって私はその後……。と思って、彼の背を見送る。

トイレは前の方にあるっぽいね。

さて、席には私一人になったわけだけど。陽信が戻《もど》ってくるまで、ほんの少し時間はあるよね。

空いた席には、さっきまで陽信が使っていた毛布が一枚。

……そっと、手を触れる。まだあったかい。陽信と一緒《いっしょ》に見た映画で、毛布がまだあったかいから遠くに行ってないとかやってた場面を思い出す。

あれって本当なんだなぁ。今、陽信は行ったばかりだし……遠くに行ってない。

私はその毛布を手に取って……ギュッとする。新品の毛布の香りの中に……彼の香りがほんの少ししていた。

ちょっと頬《ほお》が……体が熱くなる。

これはほら、陽信が戻ってくるまでに毛布が冷たくならないように……配慮《はいりょ》だよ。配慮しないといけないでしょ。

戻ってきて冷たくなっちゃった毛布より、あったかい毛布の方がきっと陽信も喜んでくれるでしょう。

彼が戻ってくるまでには戻しちゃうけど。織田信長《おだのぶなが》と豊臣秀吉《とよとみひでよし》よろしく『懐《ふところ》であっためておきました』とかはやらない。

こういうのは気づかれないようにこっそりやらないと恥ずかし……もとい、相手に気を遣わせちゃって台無しになるからね。

うん、言い訳終了《しゅうりょう》。

言い訳したんだから堂々とやってもいいよねと、私は更《さら》に毛布を力強く抱きしめる。いつかくる、彼との抱き合いを思いながら。

飛行機の中で何やってるんだろうと我に返りそうなタイミングで……。

「なにやってんだ七海？」

呆《あき》れた声で完全に我に返った。は、初美《はつみ》……に、歩《あゆみ》……？　なんでここに？　用もないのに飛行機内をうろうろしちゃいけないんだよ……？

「いや……トイレ行ったついでに二人どうしてるかなって……」

「七海……気持ちは分かるけどさ～……。さすがにここだと変態っぽい？」

ぐうの音も出ない。反論すらできない。はい、その通りです。

「まぁ……彼氏《かれし》とハワイってテンション上がるからなぁ……」

「だねぇ。いつもよりも色々と大胆《だいたん》になっちゃうし」

なんかその言葉にちょっとだけ違和感を覚えた。まるで二人とも、彼氏とハワイに行ったことがあるような……？

二人とも、何かを思い出したように頬を染めて照れている。けっこう珍《めずら》しい反応だ。

「もしかして、二人とも彼氏……ってか、音兄《おとにい》と修兄《しゅうにい》と行ったことあるの？」

「あぁ……うん……結構前に家族旅行で……」

「私も～……実は～。お兄ちゃんのにくっついて行った～」

こっそりと手を挙げる二人は、さっきよりも顔を真っ赤にしている。そっか、二人とも行ったことあるんだ……。

初美はともかく、歩は大丈夫《だいじょうぶ》だったんだろうか。音兄は家族として行けるけど、修兄の場合は完全に女子高生との旅行になるんだし……。

というよりも、歩がどうやってついていったのか。気になるけど、怖《こわ》くて聞けない。

「そんなによかった？」

私の問いかけに二人は無言だった。無言で、ニヤニヤとした笑《え》みを浮かべて顔を真っ赤にさせている。それだけで答えは十分だよ。

旅は人を大胆にさせるって言うけど、それがあの二人にも起きたの？　なんだか想像ができないけど、二人の反応がそれが真実だと言っている。

「七海……旅行テンションってあるからな……だから……」

「簾舞《みすまい》とヤルなら～……ハワイが勝負どころだよ～？」

小声でとんでもないことを言われて、私は声を上げそうになって堪《こら》える。その代わり、抱《かか》えた毛布をギュッと握りしめた。

ここが勝負どころ……。勝負、しちゃう？

なんだかドキドキしてきちゃった。ますます、毛布を持つ手に力が入る。

「……何してるの？」

かけられた声に、私達はスッとそちらを見ると……琴葉《ことは》ちゃんだった。どうやら琴葉ちゃんもお手洗いに行ってたみたいで、その帰りに寄ってくれたのかな。

ここだと邪魔《じゃま》になっちゃうから、あんまり話《はな》し込《こ》んだらよくないよね。昔はよく三人だけで話してたから、ちょっと懐《なつ》かしくなっちゃってついつい。

初美達もそれを察したのか、苦笑《くしょう》していた。

「ちょっと……彼氏とハワイ行った時の話を七海としてたんだよ」

「そうそう～……ハワイだと彼氏も大胆になるから勝負どころだよって～」

その瞬間《しゅんかん》、琴葉ちゃんの目がきらりと光った気がした。なんか獰猛《どうもう》な肉食獣《にくしょくじゅう》のような……そんな雰囲気《ふんいき》を発し始める。

「後で詳《くわ》しく教えて……」

「お……おう……」

あまりの迫力《はくりょく》に初美が気圧《けお》されている。珍しいこともあるもんだけど……これは仕方ないかな。琴葉ちゃん、かなり食いついてるし。

琴葉ちゃんも弟子屈《てしかが》くんと関係を進めようとしてるのかも。いや、するんだろうな。今も隣の席だろうし。

その辺は到着してから詳しく聞きたいかも。

「……じゃあ七海、後でな」

「またねぇ～」

「七海ちゃん……それじゃ……」

あまり固まってても邪魔になる……ということで三人は自席まで戻っていった。フリフリと手を振《ふ》って、三人仲良く去っていく姿を見送った。

ずーっと初美と歩、三人で一緒にいて……。高校とか修学旅行でも三人ずっと一緒だと思ってたけど、あの頃想像していた未来からちょっとずつ変化している。

陽信と一緒にいて、私の世界も広がっていってるってことなのかな。いや、陽信と二人の世界に閉じられてる……？

いやでも琴葉ちゃんもいるし、翔一先輩《しょういちせんぱい》や弟子屈くん……男子とも少し接点を持つようになったんだから、きっと広がっているんだろうな。

……まぁ、私は陽信と二人の世界でもいいかもだけど。

「あれ？　誰か来てたの？」

「え？　えっと……初美達がちょっと来てたけど……

「なるほどね。いや、毛布無くなってるからさ……」七海が持っててくれたんだね」

身体がビクリと跳《は》ねた。毛布……を私がギュッとしたりクンクンしたりしてたのはバレてないようだけど……。それでもちょっと焦《あせ》る。

流石にそれをやってましたとは言えないので……。

「うん。私が持ってたんだぁ……はい、どうぞ」

「そっか、ありがと」

陽信は私から毛布を受け取ると、そのまま自身の身体に掛《か》ける。なんだかそれにドキドキする。まるで私自身が抱きしめられているように錯覚《さっかく》する。

そのドキドキを解消するように、私は陽信にくっついたり、運ばれてきた朝ご飯を一緒に食べたり、お弁当をあーんしたりした。

だけど、それでも……ドキドキは止まらない。もしかしたら陽信の毛布に悪戯《いたずら》したみたいな感じで罪悪感があるのかも。

だから私は耐《た》えきれなくて……陽信に毛布をギュッとしたことを伝えた。途端《とたん》に気持ちは軽くなったけど、今度は陽信にドン引きされないかが心配になる。

その心配は……杞憂《きゆう》だったけど。陽信は笑って許してくれて、それから私をギュッとしてくれた。唐突《とうとつ》なその行動に、私は固まっちゃったけど。

お返しって、可愛《かわい》く笑う陽信を私も抱きしめたくなるんだけど……ほどなくして、機内アナウンスが流れた。どうやらもうすぐ着陸するみたい。

そのせいでシートベルトを改めてしたりとか、くっついていられなくなってしまう。なんかこう、中途半端《ちゅうとはんぱ》にやられちゃったことで、私の気持ちは余計に盛り上がる。

そんな気持ちを抱えたままで飛行機の外の景色が変わっていって、そして飛行機独特の浮遊感が無くなり、無事に着陸したのが分かった。

ガクンと一度だけ身体が揺《ゆ》れて、窓の外がすっかりと見慣れない景色に変わっていた。飛行機の中から外を見る陽信は、まるで子供のような笑顔《えがお》をしていた。

「修学旅行、楽しもうね」

陽信のその笑顔を見たことで、私の中の盛り上がりも最高潮を見せる。まだ到着しただけなのに、この先どうなっちゃうんだろうか私。

「うん、楽しもう」

平静を装って、そう答える。私は一つの決意……陽信との関係を進めてやるって決意をしていた。少しでもいいから、進めたいなぁ。

飛行機から降りると、空気の質が全く違っていた。暑くて、眩しくて、どこか甘い香りがして……その匂いで日本とは違うんだなって実感する。

浮足立《うきあしだ》ちそうな私の手を陽信が取ってくれて、空気の熱さに負けないくらいの熱が私に伝わってきて、私達は自然と笑顔になっていた。

楽しみだな。みんなと……陽信と、どんな思い出が作れるんだろ？

忘れられない修学旅行が、始まる。

あとがき

8巻から引き続き9巻をお手に取ってくださりありがとうございます。結石《ゆいし》です。

9巻から買う人はあまりいないかなとは思うので引き続きを断定してしまいましたが、よくよく考えたらそういうことも無いのかな?

というわけで、この巻から読んでくださった方々はじめまして、結石です。

引き続きの方々も、はじめての方々も楽しんでいただけましたでしょうか? 楽しんでいただけましたら非常に幸いです。

様々な娯楽が世に溢れかえるほどある昨今、その中で私の作品を手にしていただけたというのは非常にありがたいことですし、楽しんでいただけたなら嬉しいことです。

これからも、楽しんでいただける作品を提供していければなと思います。

それにしても、3月に8巻を発売してから約4か月が経過……。時がたつのはあっという間です。もう今年が半分ほど終わってしまいました。

今年は時間経過が早すぎますね……。光陰矢の如しとはよく言ったものです。まぁ、この今年は早いってのは毎年感じている気もしますけど。

そんな時間の経過が早い中で無事に9巻をお届けできました。9巻……まさか単独シリーズで9冊出せるとは思ってもみませんでしたけど。

この手の話は毎回書いてしまいますけど、もともとは続けられても3巻くらいで終了かなと思っていたんですよね。

本当に、続けられて良かったです。


今巻は体育祭と修学旅行の準備の回となります。割と体育祭って思い出が運動してた時よりも周囲でワイワイ騒いでいた時の方が多かったりします。

普段は歩かない体育館の上の方から試合を見下ろして応援したり、外に出てグラウンドの周囲で寝転がってたら滅茶苦茶近くに雷が落ちてきたり、ボケッとしてたらドッジボールのボールが顔面にぶつかってきたり……。

見事に試合や競技の思い出が抜けてるんですよね。

そんな感じで今回は前半を「体育祭」としておきながら、競技自体よりも周囲のワイワイした感じをお届けしてみました。

体育祭なんだから競技の描写が欲しかった、という方がいたらすいません。私も実は最初バスケの詳細描写をしてみたんですが……。

なんか書いてるうちに「これ違うな?」ってなったんですよね。七海と陽信のイチャイチャが足りないというか……。

そして後半は修学旅行……その準備ですね。旅行は準備の時が楽しいので、旅行前のワクワクを感じていただけたでしょうか。

次巻はいよいよ修学旅行の本番に入ります。さて、海外でも彼らはイチャイチャしまくるのでしょうか。絶対にしますね。

そう、次巻……次巻です。


祝! 十巻発売決定!!


読んでくださった方はおわかりだと思いますが、このように本編の内容が次巻に続くというのは私としても初の試みです。

このような試みができたのも、単独シリーズで十冊出せるのも、応援してくださる皆様方のおかげです。

実はこのあとがきを書く直前、お祓いに行ってまいりまして。

カバーに記載されてる近況コメントではお祓いする予定と記載してましたが、はい、無事にお祓いをしてきました。

厄払いのお祓いと、健康とこれからも本を出せる祈願のお参りをしてからこのあとがきを書いてます。

これで十巻も無事に出せるでしょうし、今年はもう変な病気とかはしないことでしょう。きっと、おそらく、フラグとかじゃないはず……。これからも、健康第一で。

ここからはいつものごとく、関わってくださった皆様にお礼を。

かがちさく先生、９巻でも変わらずに素晴らしいイラストをありがとうございました。今回は挿絵の力強さが過去最高で、初見で感動したのを覚えております。

十巻はハワイ本番……引き続きよろしくお願いいたします。

神奈なごみ先生、コミカライズでいつもネームに対してあれこれ意見して申し訳ないですが、仕上がりのクオリティがいつも当方の想像を超えて感激しています。

これからも可愛らしい七海達の姿を描いていただければと思います。改めてよろしくお願いします。

担当のS様。今回は打ち合わせの段階から色々とアドバイスいただきましてありがとうございました。そのおかげで二人が存分にイチャイチャする9巻をお届けできました。十巻も引き続きよろしくお願いいたします。

他にもお会いしたことのない関係者の皆様方にお礼を申し上げつつ、9巻のあとがきとさせていただきます。

次は記念すべき十巻。

人生初の二桁巻が人生初出版した作品で達成できるというのは感慨深いです。これからも頑張っていきます！

２０２４年7月1日　十巻までには健康体になりたい結石より。

次巻予告

文化祭、体育祭と続いた大きな学校行事。今年は七海と一緒だったおかげで、昨年の陽信からは想像もつかないほど楽しむことができていた。

そして次なるビッグイベントは修学旅行！　事前準備もしっかり整え飛行機で降り立った先は……なんと〝ハワイ〟！　ついに日本を飛び出したイチャイチャカップルの疑似ハネムーンをお見逃しなく!!

修学旅行がさながら
新婚旅行に⁉
全編完全書き下ろしでお届け！
おかげさまでついに2ケタ巻数に突入！最新第10巻
2024年冬頃発売予定‼
陰キャの僕に罰ゲームで
告白してきたはずのギャルが、どう見ても僕にベタ惚れです
著・結石　画・かがちさく

HJ文庫 https://firecross.jp/
1175

陰キャの僕に罰ゲームで告白してきたはずのギャルが、どう見ても僕にベタ惚れです 9

2024年7月1日　初版発行

著者——結石

発行者—松下大介
発行所—株式会社ホビージャパン

〒151-0053
東京都渋谷区代々木2-15-8
電話　03(5304)7604（編集）
　　　03(5304)9112（営業）

印刷所——大日本印刷株式会社

装丁——AFTERGLOW／株式会社エストール

Printed in Japan

ISBN978-4-7986-3583-5　C0193

ファンレター、作品のご感想お待ちしております

〒151－0053　東京都渋谷区代々木2－15－8
(株)ホビージャパン HJ文庫編集部 気付
結石 先生／かがちさく 先生